W0410171

Composition : IGS-CP
© Nathan, Sejer 2022
92, avenue de France, 75013 Paris.
ISBN : 978-2-09-279162-2
N° d'éditeur : 279162/10276537
N° d'imprimeur : 208293
Achevé d'imprimé en septembre 2022
Par Laballery (58500, Clamecy, Nièvre, France)
Dépôt légal : octobre 2022

grandir avec Nathan .com
Au rythme des enfants... et des parents

Dr Anne Bargiacchi
et Dr Alexandre Hubert
psychiatres

PLANÈTE ADOS

Changer de regard, mieux les accompagner : ce que les nouvelles connaissances scientifiques ont à nous dire

Nathan

Sommaire

Introduction

La formule « C'est bien un *vrai* ado » sous-entend en général un ensemble de comportements incluant la mauvaise humeur, l'irritabilité, la réactivité, l'isolement, les « mauvais choix », l'impulsivité... Elle laisse penser que les adolescents sont caractérisés par leurs attitudes négatives et conflictuelles, et que l'enjeu de l'adolescence, pour les parents, est de survivre à ces comportements jusqu'à ce que cela « leur passe ».

L'idée qui prévaut est bien souvent qu'avec un peu de chance, les bases que nous aurons données à nos enfants durant leur petite enfance suffiront à limiter les dégâts et donc que cette période ne devrait pas s'avérer trop terrible. D'où la multiplication des livres sur la petite enfance insinuant parfois que « tout se joue avant 6 ans » et proposant des stratégies pour accompagner au mieux l'épanouissement de son enfant. Les livres sur l'adolescence, eux, sont plus rares. Dans les médias, c'est le mal-être des adolescents, la surconsommation d'écrans, les risques d'addiction qui sont fréquemment mis en avant. Ces enjeux, bien réels, ne doivent pas faire oublier que les adolescents sont aussi particulièrement créatifs, sensibles, drôles, intenses, passionnés et engagés.

À la lumière, entre autres, des apports des neurosciences sur le fonctionnement et les changements anatomiques du cerveau durant l'adolescence, une vision de l'adolescence bien plus positive et porteuse d'opportunités émerge. À travers ce livre, nous espérons ainsi vous donner des clés de compréhension de l'adolescence : en tant que période développementale unique, elle présente des enjeux et des défis spécifiques qu'il est possible d'aborder sans être démuni ni dépassé, et même avec un certain optimisme face au potentiel incroyable propre à cet âge. Qu'est-ce que l'adolescence ? Quels sont les changements naturels attendus à cette période de la vie ? Pourquoi nos ados agissent-ils et réagissent-ils comme ils le font ? Comment les modifications cérébrales survenant à l'adolescence peuvent-elles éclairer leurs comportements et la façon dont nous les accompagnons ? Mieux comprendre cela peut aider à changer la manière dont nous appréhendons le passage de l'enfance à l'adolescence et comment nous interagissons avec nos ados à ce moment-là de leur croissance.

Anne Bargiacchi est médecin psychiatre, ancienne interne et cheffe de clinique assistante des Hôpitaux de Paris. Elle a exercé pendant dix ans à l'hôpital Robert-Debré, au sein du service de psychiatrie de l'enfant et de l'adolescent, où elle assurait des consultations spécialisées et des soins aux enfants hospitalisés. Elle a participé à la rédaction de différents ouvrages à destination des familles et des professionnels de santé, ainsi qu'à la publication d'articles pour des revues scientifiques. Elle est maintenant installée aux États-Unis, où elle coordonne le programme de bien-être, de résilience et de santé mentale pour les adolescents du lycée français de San Francisco.

Alexandre Hubert est médecin pédopsychiatre, ancien interne et chef de clinique assistant des Hôpitaux de Paris. Il exerce depuis plus de dix ans à l'hôpital Robert-Debré dans le service de psychiatrie de l'enfant et de l'adolescent, à la fois en intra-hospitalier et en consultation spécialisée. Il est par ailleurs thérapeute, superviseur et enseignant au sein de l'AFTCC (Association française de thérapie comportementale et cognitive).

Partie 1

Définitions et enjeux

Mais d'abord, c'est quoi l'adolescence ?

L'adolescence est définie comme la **période du développement humain qui débute avec les changements physiques, hormonaux et biologiques liés à la puberté et qui se termine au moment où l'individu est capable d'assumer un rôle stable et indépendant au sein de la société, autrement dit, un rôle adulte**[1]. Il en découle qu'il est plus facile, pour une personne donnée, de dater le début de son adolescence que sa fin. Il est aujourd'hui communément admis que l'adolescence s'étend sur une durée bien plus longue que cela n'était le cas il y a quelques dizaines d'années. Selon certains spécialistes, elle peut courir de 10 ans à 24 ans[2].

L'adolescence est ainsi entendue comme une **phase de transition** associée aux **changements visibles** de la puberté et englobant l'ensemble des modifications développementales qui interviennent entre la dépendance de l'enfant et l'autonomie de l'adulte. La transition pour devenir un adulte indépendant et responsable est également fondamentalement liée à des **ajustements invisibles**, mettant en jeu des motivations et des objectifs personnels. Par exemple, développer des priorités et un sens de soi liés à l'identité, aux ami·es, aux partenaires amoureux, à la famille, à la société, à la carrière et aux croyances spirituelles. Cette transition développementale, pour être menée à bien, implique de savoir maîtriser certaines compétences (prendre des décisions, établir des priorités, faire des choix,

1. Atteindre l'« âge adulte » implique un aspect légal et administratif dans la plupart des cultures (âge légal de la majorité) et, de manière plus concrète, des changements dans les rôles sociaux et les responsabilités, en partie définis par la culture et la société dans laquelle on évolue.
2. Le début de l'adolescence est caractérisé par le début de la maturation pubertaire, qui commence généralement entre 9 et 12 ans – en moyenne un à deux ans plus tôt chez les filles que chez les garçons ; puberté et adolescence ne sont cependant pas synonymes (voir « Quels sont les liens entre puberté et adolescence ? »).

persévérer, réguler ses émotions et son comportement) au service d'objectifs « adultes ».

À quoi « sert » l'adolescence ?

Cette question peut paraître étonnante, mais dans la mesure où cette **période développementale est décrite chez tous les mammifères, dans toutes les cultures et de tout temps à travers l'Histoire**[3], il est probable qu'elle ait un intérêt du point de vue de l'évolution, c'est-à-dire pour la survie des espèces. Le mot « adolescence » en lui-même vient du verbe latin *adolescere*, qui signifie « je grandis », « je mûris ». Pour le dictionnaire *Larousse*, l'adolescence est la « période de la vie entre l'enfance et l'âge adulte, pendant laquelle se produit la puberté et se forme la pensée abstraite ».

Le développement de l'adolescent s'appuie sur les apprentissages acquis au cours de l'enfance et permet d'accéder à un niveau de connaissances et de compétences suffisant pour réussir la transition vers un rôle d'adulte indépendant (voir page 18 la **« mise à jour » qui survient au niveau cérébral**).

Il est important de garder en tête que cette **phase de changements et d'ajustements – de maturation dynamique** – tient une grande place dans le développement de l'individu : changements hormonaux et corporels, émotionnels, cérébraux et cognitifs, ainsi que dans l'environnement social. C'est une période où les jeunes découvrent comment relever de nouveaux défis sociaux et doivent

3. Socrate et Aristote ont par exemple étudié les comportements caractéristiques des adolescents (les paroles de Socrate sont rapportées dans *La République* de Platon, et Aristote a écrit sur le sujet dans *Éthique à Nicomaque*).

s'adapter à une myriade de changements en eux-mêmes. **Du point de vue de l'évolution, cette période est indispensable pour la survie des espèces mammifères : quitter le « nid », être autonome, fonder sa propre lignée, mais aussi faire preuve de créativité, innover et prendre des risques pour progresser.**

Certains de ces changements sont très visibles (la poussée de croissance, par exemple) ; d'autres sont invisibles de prime abord, mais ont un impact significatif sur le quotidien (l'émergence de la capacité de réfléchir sur soi-même). Ces changements naturels, adaptés d'un point de vue développemental (voir l'intérêt pour la survie des espèces), sont importants en termes de capacité d'apprentissage au sens large (pas seulement du point de vue scolaire) et d'acquisition de compétences, de savoirs, de savoir-être et de savoir-faire nécessaires à l'autonomie indispensable à l'âge adulte. Ainsi, l'adolescent **ne se comporte ni comme un enfant, ni comme un adulte** (nous reviendrons sur les modifications comportementales les plus caractéristiques, voir page 33). En tant que parents, nous devons donc nous attendre à ce **qu'à l'entrée dans l'adolescence, les comportements de nos enfants changent (parfois très brutalement). Leurs cerveaux les invitent à découvrir de nouvelles opportunités d'apprentissage et à expérimenter de nouveaux comportements** (voir page 20).

À l'adolescence, nous acquérons des capacités cognitives, affectives et d'autorégulation qui rendent possible la poursuite de nouveaux objectifs, lesquels peuvent être de plus en plus abstraits. Nous parvenons à une compréhension plus nuancée du fonctionnement de la société, et à une compréhension plus mature de nous-mêmes et des autres. **L'identité se développe** dans un contexte familial, culturel et social, selon nos propres motivations, valeurs et priorités et notre propre compas moral.

Cette transition de l'enfance à l'âge adulte est certes source de risques et de vulnérabilités (voir partie 2), mais c'est avant tout une période nécessaire pour grandir. Il est d'ailleurs possible d'agir sur l'environnement et de favoriser une trajectoire développementale positive, en particulier en soutenant les compétences en cours d'acquisition pour valoriser l'autonomie, l'autodiscipline, l'agentivité, le sentiment d'efficacité personnelle, l'énergie, l'engagement social, la créativité, la capacité de sortir de sa zone de confort pour apprendre et progresser (voir partie 3).

Grâce aux découvertes neuroscientifiques de cette dernière décennie, nous commençons à voir à quel point cette période est bien organisée et parfaitement orchestrée pour aboutir au résultat « recherché » : une personne adulte dotée d'une identité unique, de valeurs solides, et capable d'indépendance tout en faisant partie d'un groupe plus large, la société (voir page 52).

Les mythes de l'adolescence

La notion d'adolescence renvoie encore fréquemment à certains mythes, entre autres :

- « C'est les hormones » : le déchaînement hormonal subi par les adolescents les rendrait irrationnels et serait l'origine de leur impulsivité. Les taux d'hormones augmentent en effet (voir page 26), mais nous savons aujourd'hui que les modifications comportementales, cognitives, émotionnelles et relationnelles propres à l'adolescence résultent avant tout de modifications cérébrales qui ont tout leur sens d'un point de vue développemental. L'évolution n'a pas fait d'erreur !
- « Tout se joue avant 6 ans » et « Il faut que jeunesse se passe » : nous verrons que l'environnement, c'est-à-dire en partie le climat familial

et les réponses parentales, a un rôle important à jouer pour favoriser une trajectoire développementale positive au cours de l'adolescence.

- Plus récemment, la notion d'immaturité du cortex préfrontal a connu un grand succès pour expliquer les prétendus comportements immatures des adolescents. L'idée est que cette région cérébrale dédiée au raisonnement, à la prise de décision et à la planification est encore en cours de construction (voir page 10) et qu'elle serait moins mature que le reste du cerveau – entre autres, les circuits dédiés aux émotions –, d'où des décisions émotionnelles et peu rationnelles. Or il s'avère que cette explication est réductrice et en partie inexacte. Le fonctionnement relatif des différentes régions du cerveau et des connexions entre les différents circuits cérébraux sous-tend une flexibilité de la pensée et du recrutement des régions cérébrales qui a du sens, en particulier pour l'apprentissage guidé par des motivations personnelles. L'adolescence est bien une période de la vie au cours de laquelle certains processus de prise de décision nécessitent d'être étayés, mais les adolescents ne sont pas simplement immatures et incapables de prendre de bonnes décisions. Ils ont en revanche **besoin d'un environnement riche et soutenant et sont très sensibles au contexte** (voir page 37).

Le problème, c'est que ces mythes colorent immanquablement nos attentes, nos interprétations des événements et des interactions, ainsi que ce que nous croyons possible pour nos enfants à ce moment de leur vie, à la fois en termes de risques et d'opportunités. Ce que les autres pensent de nous influence l'image que nous avons de nous-mêmes et notre comportement. Ces croyances, pas toujours conscientes, peuvent même parfois se transformer en prophéties autoréalisatrices. En effet, nos réactions aux situations que nous rencontrons avec nos ados peuvent involontairement créer des cercles vicieux où chacun est enfermé dans le rôle négatif qu'il est supposé tenir dans les mythes qui circulent. Penser que leur comportement est seulement immature ou que les adolescents agissent sous le coup des hormones est réducteur et faux. Cela n'aide pas à créer pour eux un environnement bienveillant et encadrant afin de les encourager à acquérir des capacités de prise de décision, à savoir prendre des risques mesurés et à apprendre peu à peu à réguler leurs émotions. Il est à la fois inexact et inutile de considérer que le cerveau des adolescents est insuffisant ou déficient. Certes, certaines compétences sont encore en construction, mais **leur cerveau (et donc leur comportement) a avant tout des caractéristiques uniques qui génèrent des besoins uniques et nécessitent des réponses uniques**.

À la lumière de ces premiers éléments de définition se dessine l'idée que l'adolescence est une période de transformations et de changements intenses, visibles et invisibles. Elle se caractérise par un fonctionnement différent à la fois de celui de l'enfance et de celui de l'âge adulte, par une nouvelle façon de voir le monde, d'échanger avec les autres, de sentir son corps, de prendre des décisions et des responsabilités. **D'un point de vue neurobiologique, l'entrée dans l'adolescence correspond à un moment où le cerveau est « mis à jour »**, comme pour une application sur un smartphone que l'on *upgrade* : intégrer de nouvelles données pour fonctionner de manière plus ajustée et plus efficiente. Ici, l'enjeu est lié à l'histoire même d'*Homo sapiens* : il s'agit, après la phase de dépendance de l'enfance, **d'être prêt à devenir un adulte autonome qui va survivre au sein de son environnement** une fois qu'il aura quitté sa famille d'origine.

Dan Siegel le résume ainsi : « Tout être humain connaît deux évolutions majeures au cours de son adolescence. La première, à la puberté, entraîne des changements physiques, physiologiques et émotionnels. La seconde pousse l'adolescent à s'éloigner de ses parents, à fréquenter davantage ses camarades du même âge et à vouloir faire les choses autrement, à sa façon[4]. »

Quels mécanismes physiologiques sous-tendent les changements de l'adolescence ?

Pour commencer, quelques notions utiles sur le développement et le fonctionnement du cerveau.

Il y a vingt ans, on pensait que la majeure partie du développement cérébral avait lieu pendant les premières années de vie. On n'avait alors pas les moyens de « regarder » comment un cerveau fonctionne et change tout au long de la vie. Les bouleversements de l'adolescence et les modifications des comportements, des émotions ou des relations étaient mis sur le compte de l'effet du déferlement hormonal lié à la puberté.

Or les progrès des neurosciences de ces dernières années permettent de mieux comprendre **comment le cerveau évolue de l'enfance à l'âge adulte, et au-delà. Il suit un développement dit « phasé », par étapes successives, en fonction des enjeux développementaux de chaque période** (il existe ainsi différents cycles de développement cérébral au cours de la vie, guidés par nos gènes selon un « agenda » relativement précis). Par ailleurs, comme cela a

4. Daniel Siegel, *Le Cerveau de votre ado*, Les Arènes, 2018.

été beaucoup médiatisé, **le cerveau se modifie quasi constamment sous l'effet des expériences, grâce à des mécanismes de plasticité cérébrale (autrement dit, le cerveau « change » en réponse aux expériences que nous vivons)**.

Le développement « phasé » du cerveau signifie qu'il est programmé, en grande partie par notre héritage génétique d'être humain, de façon à créer une appétence particulière pour certains stimuli à des âges spécifiques de la vie. Le but de cette programmation est d'encourager certains comportements et donc certaines expériences, et ainsi certaines acquisitions, à des périodes précises de la vie et dans un ordre particulier. Cela est vrai pour apprendre à marcher, à parler, à gérer ses émotions et à être autonome ! Ces comportements spécifiques à certains âges ont du sens en termes d'utilité pour notre espèce, c'est-à-dire, dans une perspective évolutionniste, pour la survie de notre groupe.

Ainsi, le cerveau change au cours de la croissance : il ne mûrit pas de la même manière dans l'enfance et dans l'adolescence.

Pour comprendre ces changements, il est utile d'avoir en tête quelques principes généraux, très schématiquement simplifiés (pour aller plus loin, voir la bibliographie page 56), sur la structure et le fonctionnement du cerveau :

- Le cerveau est constitué de « matière grise » (les corps des neurones, qui, réunis, constituent le cortex cérébral) et de « matière blanche » (les axones, c'est-à-dire la partie qui relie les corps des neurones les uns aux autres). Notre cerveau est immature à la naissance et mûrit en créant des circuits entre les différents neurones. **La différence**

entre un cerveau immature et un cerveau mature est le nombre et l'efficience des connexions entre les neurones[5].

- **Le cerveau est « plastique », il change en réponse aux expériences**, et cette plasticité sous-tend nos capacités d'apprentissage et d'adaptation[6]. Cela signifie que, sous l'effet d'une expérience donnée, des neurones se connectent entre eux (parfois, il existe un « précâblage » qui facilite cette connexion, parfois non). Chaque fois qu'une expérience est répétée, la connexion est renforcée et le circuit devient plus efficient. Pour illustrer cette idée, pensons à la première fois où l'on marche sur de la neige fraîche : au départ, cela s'avère difficile, mais si on passe plusieurs fois sur le même chemin, la trace s'approfondit et on ira ainsi plus rapidement d'un point A à un point B. La répétition augmente la connexion. Lorsqu'un circuit mûrit en étant utilisé, il finit par être « myélinisé », c'est-à-dire qu'une sorte de couche isolante vient protéger les axones qui relient les corps neuronaux de ce circuit, rendant celui-ci plus rapide et donc plus efficient (de route de campagne, ce chemin devient autoroute). **Apprendre quelque chose de nouveau équivaut donc à créer de nouvelles connexions, un nouveau circuit.**
- Par ailleurs, **le cerveau se spécialise au cours du développement** en conservant certains circuits (ceux que l'on utilise régulièrement) et en supprimant ceux que l'on n'utilise pas ou très peu, ou qui sont redondants, par un processus appelé ***pruning*** ou **« élagage »**. En effet, le cerveau produit dans l'enfance beaucoup plus de connexions qu'il n'en faut, et dans la phase finale de maturation de l'adolescence, celles qui sont redondantes ou inutilisées sont éliminées. Les expériences

5. Le volume cérébral, la spécialisation fonctionnelle des différentes régions cérébrales (cortex moteur, sensitif, etc.) et les sillons corticaux sont très largement identiques à ceux d'un adulte dès le milieu de l'enfance. Mais les processus qui sous-tendent une connexion rapide entre neurones (*pruning*, arborisation dendritique et myélinisation) continuent de croître jusque dans la vingtaine. De plus, la matière blanche mûrit de manière hiérarchique, et les systèmes sensori-moteurs et du tronc cérébral se développent avant le système de contrôle exécutif et de régulation émotionnelle.

6. Les facultés de plasticité cérébrale sont présentes tout au long de la vie, mais elles sont particulièrement développées à l'adolescence, rendant les changements au niveau cérébral plus rapides, ce qui fait de cette période de la vie une période particulièrement propice à l'apprentissage et à la créativité.

vécues durant l'adolescence dictent donc quelles connexions sont utiles. L'élagage affine le cerveau en fonction de l'environnement dans lequel il se trouve pour le rendre plus efficient et plus spécialisé.

- Notre cerveau a tendance à chercher à **fonctionner sur un mode « économie d'énergie »**. Il utilise différents moyens pour fonctionner de manière optimale en utilisant le moins d'énergie possible. Il rend donc plus rapides les circuits les plus utilisés car il évalue que ce sont les plus utiles, il automatise des comportements que nous répétons beaucoup, etc. La façon dont le cerveau encode les informations et les expériences a aussi pour but d'aider à anticiper et à donner du sens à notre environnement, la protection étant l'objectif numéro un (rester en sécurité, à l'abri du danger). Le cerveau fonctionne par associations (un souvenir stressant enregistré par l'hippocampe pourra déclencher une réponse émotionnelle automatique) et cherche avant tout à être efficient en apprenant de l'environnement et en s'y adaptant. Il crée pour cela différents raccourcis : associations automatiques, réactions impulsives, jugements et classements rapides, préjugés, etc. Par ailleurs, le cerveau a tendance à **fonctionner comme s'il disposait d'une quantité finie d'énergie**. S'il utilise toute son énergie pour gérer une émotion très forte ou pour rester en sécurité, il n'y aura plus d'énergie pour penser et raisonner (nous reviendrons sur les implications pratiques de cela dans la partie 2).
- **De multiples facteurs** influencent les différents processus que nous venons de décrire : les éléments génétiques et épigénétiques[7], les hormones, les réactions de l'environnement. Ces différents paramètres peuvent être des facteurs de risque ou de protection pour le développement cérébral. Les différentes phases de ces processus, leur timing et l'ordre dans lequel elles surviennent ont été façonnés par

7. Selon l'Inserm, « *l'épigénétique correspond à l'étude des changements dans l'activité des gènes, n'impliquant pas de modification de la séquence d'ADN et pouvant être transmis lors des divisions cellulaires. Contrairement aux mutations qui affectent la séquence d'ADN, les modifications épigénétiques sont réversibles* ».

l'évolution de l'espèce humaine qui s'est adaptée aux nécessités de l'environnement.

- Le développement phasé du cerveau implique qu'il existe vraisemblablement des **fenêtres d'opportunité** pour certains apprentissages et que, une fois qu'elles sont passées, il est plus difficile de réaliser certaines acquisitions ou de les maîtriser parfaitement[8].

Comment le cerveau nous pousse-t-il à avoir certaines expériences et à faire des apprentissages particuliers à un âge donné ?

Pour ce faire, **les réactions cérébrales en réponse aux différentes expériences changent, et leur « saveur » aussi.** À l'adolescence, par exemple, les expériences en lien avec la nouveauté et l'engagement social ont un goût particulièrement attractif. Elles sont plus attirantes, nous sommes poussés à y prêter plus attention et à avoir envie de les vivre, et elles sont récompensantes pour le cerveau, nous ressentons plus de plaisir à avoir ces expériences qu'à n'importe quel autre âge de la vie. Du point de vue de l'évolution, cela fait sens pour les mammifères en général : pourquoi, sinon, les jeunes quitteraient-ils le cocon familial si confortable et si rassurant jusque-là ?

Ainsi, **le cerveau, qui se développe par cycles, est censé recevoir certaines expériences à des stades particuliers.** Il existe à la fois une

8. Cela est vrai pour de multiples acquisitions, y compris celle de sens primaires. Si un enfant naît avec une cataracte qui altère sa vue, sa vision sera définitivement compromise. Il pourra développer sa vue si la cataracte est traitée suffisamment tôt dans l'enfance, car une certaine capacité à apprendre à voir existe toujours dans le cerveau, mais certaines compétences visuelles sophistiquées telles que la perception de la profondeur ne se développeront jamais complètement.

prédisposition biologique – l'adolescent est prêt, en termes de maturité et de « précâblage », à faire certains apprentissages et à avoir certaines expériences – et une action de l'environnement – celui-ci change à l'adolescence (les expériences et les situations auxquelles l'adolescent est exposé sont différentes de celles de l'enfance) et influence à son tour l'évolution des circuits précâblés. Les gènes jouent un rôle important dans le développement du cerveau en signalant à ses différentes zones qu'elles doivent devenir sensibles à certains aspects de l'environnement. La biologie et l'environnement interagissent pour stimuler le développement du cerveau. **Les adolescents sont donc « motivés » biologiquement pour vivre des expériences d'apprentissage spécifiques.** Le cerveau y est particulièrement sensible et se modifie plus vite sous l'effet de ces expériences, créant une relation d'influence réciproque entre gènes/biologie et environnement. **On parle de « périodes sensibles d'apprentissage » lorsque des informations importantes sont disponibles dans l'environnement et qu'elles sont utiles au développement adaptatif de l'humain.**

L'impact de ce qui se passe au niveau cérébral est multiple :

- Les changements intracérébraux sous-tendent les changements de comportement, d'émotions, de façons de penser, etc.
- Rappelons la notion de « fenêtre d'opportunité » ou de « période sensible d'apprentissage ». Si certaines expériences nécessaires à l'apprentissage de compétences utiles à l'acquisition des qualités attendues chez un adulte ne sont pas disponibles ou possibles, cela nuira aux capacités d'apprentissage de ces compétences ultérieurement. Les stimuli en lien avec ces expériences doivent être intégrés au pattern de développement cérébral « normal » (celui qui est prévu dans notre patrimoine biologique) afin que ce dernier se poursuive de manière typique. Si une étape de l'apprentissage n'a pas pu avoir lieu, cela a des répercussions sur toute la chaîne d'apprentissage.

- Les expériences que vivent les adolescents ont un impact sur la façon dont le cerveau mûrit. Toute activité répétée influencera son développement; tout apprentissage nécessite de la répétition.
- La façon dont le cerveau se développe (en particulier la plasticité cérébrale et le processus de *pruning*) constitue une épée à double tranchant, puisqu'elle génère des capacités massives d'apprentissage et de spécialisation tout en créant une vulnérabilité, compte tenu de la sensibilité du cerveau aux différents facteurs, biologiques et environnementaux (nous y reviendrons en particulier dans la partie 2).

En résumé, le développement cérébral est guidé par l'activation de certains gènes à des moments précis et par les expériences. Dans l'enfance, les changements cérébraux prennent la forme du déploiement de multiples connexions au rythme des découvertes et des apprentissages. Ils sont différents à l'adolescence, où ils consistent en un élagage des connexions inutiles pour favoriser la spécialisation et en une myélinisation des circuits les plus utilisés pour les rendre plus efficients.

Trois points à garder en tête:

1/ **L'immaturité cérébrale** ne doit pas être entendue ici comme un cerveau qui réagit de manière puérile, mais comme un cerveau qui n'a pas encore atteint la maturité, soit la forme et les fonctions stables propres à l'âge adulte. Cela implique que la façon de traiter l'information, de gérer ses émotions ou de réguler ses comportements est spécifique à cette période de la vie et à cet état « en construction ». En particulier en ce qui concerne le cortex préfrontal, par exemple, dans sa capacité à contrebalancer certains signaux saillants de l'environnement comme les signaux sociaux, ou l'influence de certaines motivations particulièrement présentes à cet âge. Par exemple, l'adolescent va être plus facilement enclin à pratiquer une activité avec ses ami·es (signaux sociaux) alors qu'il s'est engagé pour une activité familiale (le cortex préfrontal ne permet pas encore de peser le pour et le contre en fonction de ce qui est proposé comme expérience). Pour certains spécialistes de l'adolescence, les défis sociaux et les changements auxquels les adolescents sont et ont été confrontés tout au long de l'histoire humaine peuvent avoir favorisé ce style cognitif différent, plus flexible, plus exploratoire et plus sensible aux influences socio-affectives que celui des adultes. Cette notion va à l'encontre de l'idée que le cerveau de l'adulte est le système fonctionnel optimal ou normal et que les différences au cours du développement de l'adolescent représentent des « déficits ». En revanche, cela signifie que le cerveau est différent et adapté à cette phase de développement et aux enjeux spécifiques qu'elle contient pour l'avenir. Par ailleurs, le cerveau n'atteint sa forme « adulte » qu'aux alentours de 25 ans, peut-être même 30 ans pour certaines régions. On attend rarement jusque-là pour prendre des décisions et endosser des rôles « adultes[9] » !

2/ Nous avons tous un **tempérament**, c'est-à-dire une prédisposition biologique innée à réagir de telle ou telle manière. Notre tempérament inclut notre sensibilité aux informations qui nous parviennent, l'intensité avec laquelle nous réagissons à des stimuli intérieurs ou extérieurs, notre attitude générale par rapport à la vie, notre niveau d'énergie spontanée (par exemple, optimisme, pessimisme, propension à répondre positivement ou négativement aux changements et à la nouveauté). Les expériences et le tempérament interagissent pour former notre personnalité. Les changements à l'adolescence peuvent intensifier ou amoindrir certains traits de caractère que nous avions dans l'enfance. Il semble qu'environ 80 % des enfants possèdent un tempérament « moyen » et que leurs

9. Bien que la maturation des circuits qui sous-tendent le raisonnement logique soit considérée comme complète à partir de l'âge de 16 ans environ, le développement d'une régulation affective, de relations sociales et d'un fonctionnement exécutif plus matures se poursuivrait pendant au moins une autre décennie.

expériences jouent un grand rôle dans leur évolution. En revanche, 20 % des individus (10 % à chaque extrémité du spectre des différents types de tempérament) présenteraient un tempérament « extrême » (par exemple, hypersensibilité, aversion pour la nouveauté). Pour eux, l'expérience joue un rôle plus limité sur le déploiement de leur personnalité. En fonction du tempérament de votre enfant, ses expériences à l'adolescence la modifieront donc plus ou moins.

3/ Nous avons tous un **cerveau qui ne réfléchit pas toujours avant d'agir**... Si l'on considère de manière très simplifiée le fonctionnement cérébral et les priorités en termes de survie, il existe schématiquement trois grands ensembles de structures, avec de l'énergie en quantité finie qui circule entre ces différentes structures :

- Un ensemble de structures impliquées dans le cerveau primitif, instinctuel, qui prend le dessus en cas de crise ou de danger perçu (le tronc cérébral). Ces structures sont activées en priorité dans les réponses instinctives de type *fight, flight or freeze*[10]. Les réponses, rapides, automatiques et simples ont pour objectif de nous protéger en situation de danger. Par exemple, lorsque le niveau d'anxiété est très élevé ou que quelqu'un s'en prend à nous.
- D'autres structures constituant le cerveau émotionnel, qui ressent et motive (le système limbique). Au sein de ces structures, l'amygdale fonctionne en tant que détecteur de danger sur le même mode qu'un détecteur de fumée dans un logement. L'amygdale « s'allume » sous le coup d'une émotion forte. L'hippocampe est impliqué dans la mémorisation, et les émotions facilitent la mémorisation de certains événements. Enfin, le striatum ventral s'allume, lui, lorsque nous sommes face à une situation ou une expérience motivantes. Certains neuroscientifiques comparent le fonctionnement du cerveau émotionnel à celui d'un interrupteur : si la situation est sûre, sans danger et associée à des

10. « Se battre, s'enfuir ou se figer ».

émotions agréables, le cerveau « pensant » peut être recruté et l'énergie cérébrale est dirigée vers ces zones supérieures. Si, au contraire, un danger est perçu ou si les émotions sont trop fortes, le cerveau instinctuel et/ou émotionnel conservent toute l'énergie qui ne pourra pas être utilisée par les structures du cerveau pensant.

- Et enfin, les structures du cerveau pensant (le cortex), en particulier le cortex préfrontal (CPF, voir page 29). Le cerveau pensant ne peut s'engager ou fonctionner « en ligne » que si l'environnement le permet. En particulier, trois aspects de l'environnement sont indispensables, en lien avec les structures cérébrales décrites ci-dessus : se sentir en sécurité (sinon l'énergie est entièrement dédiée à la survie en étant utilisée par le cerveau instinctuel) ; être suffisamment motivé ; être calme et serein, ne pas être sous le coup d'une émotion forte. Nous reviendrons sur les implications de ce fonctionnement en termes d'apprentissage et de relations (voir page 105).

Quels sont les liens entre puberté et adolescence ?

Le **début de l'adolescence** est caractérisé par le **démarrage de la maturation pubertaire**, généralement entre 9 et 12 ans (un à deux ans plus tôt chez les filles biologiques que chez les garçons biologiques[11]), chaque enfant étant par ailleurs différent. De même que tous ne commencent pas à parler ou à marcher au même âge, les premiers signes de la puberté apparaissent à des moments différents selon les enfants. Certains d'entre eux connaîtront une puberté

11. Pour simplifier la lecture, nous parlerons de mâle/garçon biologique et de femelle/fille biologique, mais nous reconnaissons pleinement la grande diversité de la physiologie humaine et des identités de genre, selon le principe de l'autodétermination, et la réalité de toutes les identités et expériences humaines au-delà du fonctionnement biologique du corps.

tardive, d'autres précoce. De manière générale, il semble que l'âge du début de la puberté ait globalement baissé ces dernières années, sans que l'explication de ce phénomène soit entièrement connue (cela serait néanmoins lié, entre autres, à l'amélioration de la santé des enfants et de la nutrition dans l'enfance).

Le déclenchement de la puberté marque le début d'une période de croissance rapide (la fameuse « poussée de croissance pubertaire », autour de 11 ans pour les filles biologiques et de 13 ans pour les garçons biologiques) et de nombreux autres changements dynamiques, à différents niveaux de l'organisme, via en particulier une cascade de changements hormonaux. La sécrétion d'androgènes surrénaliens, ou adrénarche, qui précède le début à proprement parler de la puberté, survient entre 6 et 9 ans[12], comme la sécrétion de stéroïdes gonadiques, ou gonadarche (responsable de la maturation des gonades), et d'hormones de croissance. Cette poussée d'hormones joue un rôle central dans un ensemble plus large de changements biologiques, tous ces processus aboutissant à la maturité reproductive (possibilité biologique de se reproduire). L'étape la plus importante dans le début de la puberté se produit lorsque l'hypothalamus (une structure cérébrale) commence à libérer des quantités substantielles d'une hormone appelée GnRH *(Gonadotropin-Releasing Hormone)* pendant le sommeil. Cette pulsation de GnRH « réveille » l'axe hypothalamo-hypophyso-gonadique, qui était au repos tout au long de l'enfance, et entraîne, entre autres, la libération des hormones sexuelles par les gonades. **La puberté commence donc par des changements dans le cerveau, qui déclenchent une cascade de transformations dans le corps :** la poussée de croissance

12. C'est au moment de l'adrénarche que les premiers poils pubiens et axilaires peuvent apparaître, ainsi que les modifications de l'odeur de la sueur. Il ne s'agit pas à proprement parler du début de la puberté, qui est, elle, marquée par l'augmentation des quantités de stéroïdes gonadiques, c'est-à-dire la testostérone et les œstrogènes.

pubertaire, des changements métaboliques, des changements dans le sommeil et la régulation circadienne[13], ainsi que la « maturation sexuelle » ou l'apparition des caractères sexuels secondaires (modifications spécifiques de la structure faciale, de la voix, des muscles et de la répartition des graisses, de la pilosité corporelle, modification des sécrétions cutanées et glandulaires, poussée mammaire et des organes génitaux, des surrénales et des gonades, apparition des règles et éjaculations nocturnes, etc.)[14]. Les hormones libérées par les gonades et les surrénales ont à leur tour un impact sur le cerveau. La maturation pubertaire influence en effet le développement neurocomportemental, en particulier les processus sociaux, émotionnels et motivationnels, comme l'augmentation de la recherche de sensations et une réorientation de l'attention et de la saillance motivationnelle[15] vers les pairs, l'évaluation sociale, le statut et le prestige, ainsi que les intérêts sexuels et romantiques. Cette maturation pubertaire influence également (et est influencée par) les contextes sociaux en évolution rapide dans lesquels se produisent l'apprentissage et le développement des adolescents. Ces changements et leurs interactions bidirectionnelles créent une période dynamique de croissance, d'apprentissage et d'adaptation.

Le développement pubertaire est ainsi associé à de nombreux changements dans le cerveau, et les données scientifiques montrent que les niveaux d'hormones et le fonctionnement cérébral s'influencent mutuellement. La puberté elle-même jouerait donc un rôle important dans le processus neuro-développemental de l'adolescence.

---

13. Régulation du corps humain sur 24 heures.
14. Là encore, notons que, bien que la puberté soit souvent considérée comme un processus de développement sexuellement différencié, la testostérone et les œstrogènes peuvent être trouvés dans le cerveau et le sang des hommes biologiques et des femmes biologiques avec des concentrations variables et parfois se chevauchant.
15. Saillance d'un stimulus : à quel point ce stimulus attire notre attention dans un environnement donné et au sein d'autres stimuli potentiels qui peuvent entrer en compétition les uns avec les autres pour capter notre intérêt.

Le cerveau de l'adolescent est donc une structure différente de celui de l'enfant et de celui de l'adulte; il sous-tend un fonctionnement unique et une trajectoire neuro-développementale spécifique à cet âge. En particulier, certaines régions du cerveau et certains circuits se développent et s'activent d'une façon singulière à l'adolescence:

- les régions impliquées dans le contrôle cognitif, le raisonnement, la pensée abstraite et les capacités d'introspection (schématiquement, le cortex préfrontal, les cortex temporal et pariétal, mais aussi le *default mode network*, ou réseau cérébral activé au repos)[16];
- les régions impliquées dans le traitement de toutes les informations d'ordre social (*social brain network*, ou cerveau social, soit l'ensemble des régions impliquées dans la perception et le traitement des interactions sociales et le fait de comprendre les autres, dont le cortex préfrontal[17]);
- les régions cérébrales impliquées dans la régulation des émotions (en particulier, l'amygdale et le système limbique);
- les régions cérébrales impliquées dans les phénomènes de motivation et de récompense/plaisir (en particulier, les circuits dopaminergiques et le striatum).

Par ailleurs, les réactions cérébrales au stress sont également différentes à l'adolescence (plus intenses et plus prolongées), ainsi que les phénomènes concernant la régulation du sommeil (en particulier, la sécrétion de mélatonine)[18].

Notons qu'il n'est pas simple, au niveau scientifique, de réussir à modéliser précisément les changements neuro-développementaux

---

16. Ces régions sont le lieu d'un amincissement de l'épaisseur du cortex cérébral et de *pruning*, en particulier.
17. Dans sa partie médiale, et le sillon temporal supérieur dans sa partie postérieure.
18. Décrire en détail et avec précision l'ensemble des modifications cérébrales qui interviennent à l'adolescence sort du cadre de ce livre. Nous décrirons ici uniquement celles qui nous semblent les plus «éclairantes» pour les comportements et les stratégies parentales en réponse à ces comportements. Pour aller plus loin, voir la bibliographie.

et neuro-maturationnels de l'adolescence, et que de nombreuses inconnues persistent. Les modèles de compréhension ont rapidement évolué ces dernières années et vont continuer à se préciser. **Nous présentons ici très schématiquement l'état des connaissances actuelles, car nous pensons que la compréhension de ce qui se passe au niveau cérébral éclaire les comportements adolescents, et donc les défis rencontrés par les parents, et peut guider nos réactions dans ce contexte.**

La région cérébrale qui change de façon la plus importante à l'adolescence est ainsi le fameux cortex préfrontal (CPF), dont on parle beaucoup aujourd'hui. Le CPF est une région cérébrale proportionnellement plus grosse chez l'humain que chez toutes les autres espèces. Il est impliqué dans des processus et des tâches cognitifs complexes, dans les fonctions intellectuelles dites « supérieures » (prise de décision, planification, inhibition de comportements inadéquats, comme dire des choses grossières ou faire des choses très stupides, etc.), dans les relations sociales (le fait de comprendre les autres) et la conscience de soi, dans les capacités d'introspection. Le CPF change à la fois dans sa structure (épaisseur de la matière grise, en particulier) et dans sa manière de fonctionner, d'être sollicité et d'agir de manière concertée avec les autres régions cérébrales. Le système de contrôle cognitif qu'il organise se développe et se renforce tout au long de l'adolescence. L'adolescent a de plus en plus de capacités intellectuelles dites « supérieures », et les connexions avec les autres régions cérébrales deviennent également plus efficientes (le contrôle cognitif permet de réguler de plus en plus efficacement son comportement en réponse à différentes situations)[19]. Les recherches les plus récentes laissent penser

19. Plus le CPF est sollicité régulièrement, plus ces « voies » se développent et deviennent efficientes, et plus le CPF pourra être sollicité facilement. Tant que ces voies ne sont pas très efficaces, l'énergie reste plus facilement « bloquée » dans le cerveau émotionnel et les émotions auront tendance à prendre le dessus dans l'action, plutôt qu'une pensée raisonnée.

que ce développement graduel n'est pas seulement responsable d'une immaturité de la prise de décision et du raisonnement[20], mais qu'il permet aussi aux adolescents de fonctionner de manière optimale, étant donné les enjeux développementaux (devenir un adulte qui peut agir en accord avec ses objectifs et ses valeurs et s'engager pour ce qui lui tient à cœur) et le contexte dans lequel ils évoluent (environnement social complexe et changeant, situations nouvelles et demandes de l'entourage inédites). Si l'immaturité corticale frontale a été invoquée pour expliquer pourquoi les adolescents adoptent des comportements à risque, il s'avère que, plus probablement, ceux-ci seraient liés à des interactions cognitives, affectives et sociales nuancées et flexibles. Il est en effet de plus en plus reconnu que les contextes sociaux influencent fortement la façon dont les adolescents prennent des décisions. Par exemple, « à froid », votre adolescent est capable de vous lister tous les risques associés à tel ou tel comportement en soirée ; « à chaud », quelques heures plus tard, il va pourtant agir de manière risquée… Certains aspects du contrôle cognitif sont ainsi moins automatiques pendant l'adolescence (le CPF prend le volant pour guider nos actions) car les circuits entre le CPF et les régions impliquées dans la gestion des émotions et les aspects motivationnels d'une situation sont encore en cours de maturation (ils ne sont pas encore passés de la route de campagne à l'autoroute, voir page 18). Les comportements sont donc plus variables ; mais ces mêmes qualités (réponses moins automatiques) permettent aussi aux adolescents de réagir de manière flexible et créative et de prendre des risques. Cela peut avoir un côté dangereux et frustrant, nous y reviendrons, mais c'est aussi une façon très efficace d'apprendre à agir et à s'engager en fonction de ce qui les motive et les fait vibrer.

20. Certains modèles de développement cérébral supposaient jusqu'à présent que le délai de maturation entre les centres de contrôle cognitif et les centres émotionnels expliquait les comportements peu rationnels et les décisions émotionnelles des adolescents.

De plus, les émotions et les motivations sont plus fortes au cours de l'adolescence, ce qui rend la tâche du cerveau pensant, le CPF, plus difficile aussi, car, comme nous l'avons dit en parlant d'énergétique intracérébrale (voir page 19), le cerveau agit comme s'il disposait d'une quantité finie d'énergie. Si elle est entièrement utilisée dans les parties émotionnelles, il n'y a plus de carburant pour penser et prendre une décision rationnelle (voir page 25). Or **les adolescents ont biologiquement des ressentis, des émotions, des motivations plus fortes et plus intenses que les enfants et les adultes**. D'après les chercheurs, cela pourrait être lié à l'afflux intracérébral d'hormones[21]. Par ailleurs, le système limbique passe par un certain nombre de modifications structurelles et fonctionnelles qui aboutissent à une augmentation de la réactivité émotionnelle (et donc, dans certains cas, à une irritabilité). De plus, certains pans de l'expérience des adolescents commencent à leur procurer beaucoup plus de plaisir, sont récompensants d'un point de vue biologique (sécrétion de dopamine[22]) et créent une motivation intense et un engagement pour certains sujets. Ces aspects liés à la récompense sont à l'origine de la recherche de nouveauté et de sensations (et donc de certaines prises de risque), car la sécrétion de dopamine et l'activation des centres de la récompense en réponse sont plus importantes à l'adolescence. En outre, le cerveau de l'adolescent est plus sensible à la récompense que le cerveau de l'enfant et celui de l'adulte (le plaisir ressenti en réponse à quelque chose d'évalué comme agréable est plus grand).

21. Les chercheurs s'intéressent de plus en plus aux effets cognitifs, affectifs et sociaux des changements liés à la puberté dans les niveaux de plusieurs hormones, notamment l'œstradiol (qui affecterait le fonctionnement préfrontal), l'ocytocine (qui concerne le lien social et la motivation sociale), les androgènes surrénaliens et la testostérone (ensemble qui influencerait la motivation à atteindre et à conserver un statut social).
22. À noter qu'il est décrit une modification dans le pattern de sécrétion de la dopamine chez les adolescents : elle serait plus faible en situation « de base » (activités routinières ou habituelles), à l'origine de l'ennui face à certaines activités qui étaient auparavant appréciées dans l'enfance, et plus importante en réponse aux situations nouvelles et/ou sources de sensations.

Le cerveau social change, lui aussi : le traitement des informations sociales est différent à l'adolescence, avec une augmentation de la sensibilité à l'évaluation sociale (acceptation ou rejet social), au statut (popularité), et une plus grande attention à tous les signaux sociaux présents dans l'environnement. Ces changements sont à l'origine d'une plus grande motivation des adolescents à aller vers leurs pairs, à privilégier les contacts avec eux et les comportements qui leur permettent de s'intégrer et d'être valorisés au sein de leur groupe. Les adolescents sont également particulièrement sensibles à toute forme de rejet, et la douleur liée à une situation sociale adverse active chez eux les mêmes circuits que ceux de la douleur physique. Comme les émotions sont en général plus intenses chez eux, celles qui apparaissent en réaction aux stimuli sociaux (positifs ou négatifs) le sont aussi.

En résumé :

- Le cerveau de l'adolescent est câblé pour repérer un maximum d'informations sociales dans l'environnement (informations verbales et non verbales).
- Ces informations sont signalées par le cerveau comme étant de la plus haute importance (c'est ce que l'on appelle la « saillance » d'un stimulus : celui-ci devient plus visible, comme s'il était coloré différemment au sein de l'environnement).
- Le traitement même de ces informations est différent chez les adolescents, et les circuits de la récompense et des émotions réagissent vivement aux signaux sociaux, pouvant court-circuiter l'engagement du CPF. Par ailleurs, les adolescents passent plus de temps à réfléchir intentionnellement aux signaux sociaux.

Ainsi, l'ensemble des changements que nous venons de décrire succinctement, dans le traitement des informations sociales, affectives, dans les circuits de la motivation, dans les capacités cognitives et les connexions flexibles et en cours de maturation entre les différents circuits, conduit à une modification dans l'engagement social, les centres d'intérêt, la motivation à faire telle ou telle chose, la façon d'apprendre, les réactions aux situations chargées émotionnellement... Ce fonctionnement cérébral unique permet aux adolescents d'être courageux, de sortir de leur zone de confort, d'être créatifs et motivés pour les causes qui leur tiennent à cœur et pour ce qui leur fait gagner de l'acceptation par leurs pairs et du statut social. Il influence à la fois les choix sur le moment (par exemple, faire une action risquée qui va impressionner les camarades), mais aussi l'engagement dans les apprentissages (lorsque la motivation est présente) et les patterns de comportement qui ont tendance à se répéter en fonction des réponses de l'environnement. La contrepartie est le risque de se mettre en danger, de faire des « mauvais choix », d'agir sans avoir pesé le pour et le contre, ou encore de s'engager dans une spirale négative de démotivation ou de motivation pour quelque chose de dangereux pour la santé car c'est très récompensant (voir partie 2).

Les adolescents évoluent dans un environnement qui subit lui aussi de profonds changements en termes de contexte, de rôle et de responsabilité. Il est important de noter qu'il existe des interactions complexes entre les différents niveaux de changements biologiques et environnementaux.

Concrètement, quels comportements sont attendus chez nos ados ?

L'humeur des adolescents est changeante. Ils expérimentent un niveau d'intensité et de réactivité émotionnelles qu'ils n'ont jamais

ressenti auparavant. Les modifications du système limbique, l'afflux d'hormones au niveau cérébral et les changements environnementaux se combinent pour accroître l'intensité des émotions et l'impact de ces dernières. En pratique, cela se traduit par une irritabilité, des sautes d'humeur, des passages du rire aux larmes, de la colère, de l'impulsivité (portes qui claquent), une humeur renfermée, parfois sombre, ou tout simplement différente de leur humeur d'« avant ». On comprend maintenant, grâce à ces explications, qu'ils ne le font pas exprès. Ce n'est pas quelque chose qu'ils maîtrisent facilement (même s'ils vont peu à peu apprendre à réguler leurs émotions et que cela ne justifie en rien l'impolitesse ou les mots blessants ou irrespectueux) ni qu'ils décident, ce n'est pas non plus lié à ce que les parents ont fait ou ont raté. Cette augmentation de l'intensité et de la réactivité émotionnelles n'a cependant pas que des inconvénients, elle participe aussi à l'engagement émotionnel très fort dans ce qui passionne les adolescents. D'ailleurs, de manière générale, **les émotions ont un impact notable sur les actions à cet âge-là**.

Les adolescents sont sensibles au stress, dont les sources dans l'environnement sont plus fréquentes. Pensez au stress lié aux enjeux sociaux et à leur sensibilité à l'inclusion, au statut, mais aussi aux défis que représentent la scolarité, l'autonomie, le fait de « se trouver » en termes d'identité. Les réponses au stress sont également plus intenses, sans pour autant que les plus jeunes puissent les mettre en perspective. Or le stress a un impact sur les capacités d'apprentissage, à prendre soin de soi et à prendre des décisions. D'où l'importance de modeler[23] et d'encourager les adolescents à adopter des stratégies de gestion du stress, une hygiène de vie qui favorise la sérénité, et à changer, parfois, de perspective sur le rôle du stress (voir

23. Terme de psychologie cognitive et comportementale, et plus précisément la traduction du terme anglais *modeling*; c'est une stratégie éducative qui consiste à montrer l'exemple, mais de manière intentionnelle.

partie 3). Celui-ci a un impact, comme toutes les émotions fortes, sur les capacités de « contrôle » cognitif et donc sur les capacités de contrôler ses actions et de réguler ses émotions.

Les enjeux sociaux sont réels pour les adolescents. Du point de vue de l'évolution, devenir compétent socialement, trouver sa place au sein d'un groupe, obtenir un certain statut et être respecté, tout cela a une importance en termes de survie, et les processus biologiques qui favorisent la réussite de l'intégration sociale sont extrêmement forts. Le cerveau de l'adolescent est ainsi programmé pour s'orienter vers les signaux sociaux et en apprendre le plus possible avant l'indépendance de l'âge adulte. Mais l'environnement social est complexe, et comme dans tout apprentissage, le comprendre et le gérer demande du temps et de la pratique. La réorientation sociale des adolescents se traduit concrètement par une augmentation de leur engagement social (sorte de poussée interne à quitter le nid). Ils semblent en pratique moins désireux de rester en famille et sont naturellement poussés à avoir envie de passer beaucoup de temps avec leurs pairs, à discuter de ce qui se passe au niveau social. Cela pourrait expliquer la fréquence du commérage, *gossip*, à cet âge, ou tout simplement le temps passé à se demander ce que signifie ce qu'untel a dit. Ils sont aussi enclins à prendre des décisions qui favorisent leur inclusion et leur confèrent du respect. Parfois, ces décisions leur feront prendre des risques ou iront en sens inverse de leurs valeurs naissantes ou des valeurs familiales. Face à un choix, lorsque différents arguments pour agir dans un sens ou dans l'autre sont en compétition et que l'un des arguments va dans le sens d'être plus accepté et plus intégré, c'est ce dernier qui a le plus de chances de l'emporter[24]. Enfin, la

24. Un adolescent peut ainsi très bien donner la priorité à l'amitié plutôt qu'à la révision d'un contrôle non parce qu'il est irrationnel et s'en fiche, mais à cause de la réorientation de son attention vers l'inclusion sociale (un autre exemple est un adolescent qui pourrait considérer une heure de colle comme un juste prix à payer pour gagner en statut social, par exemple).

réorientation sociale se traduit également par le fait que les adolescents sont très réactifs aux signaux sociaux (comme le ton de la voix), alors même que ces signaux peuvent être mal interprétés. Ils peuvent déceler un reproche, une critique ou un jugement dans une phrase qui était en réalité neutre ou qui transmettait une émotion n'ayant rien à voir avec eux ! Le rôle de la motivation sociale, de la présence des pairs et des comportements d'acceptation ou de rejet est ainsi très important et explique de nombreux comportements, actions et décisions des adolescents. C'est donc un âge où les distractions sociales peuvent interférer avec les apprentissages. Gardez en tête qu'**à cet âge toute douleur sociale est vraiment déchirante et toute récompense sociale est capitale**. La préoccupation sur le fait d'être accepté influence par conséquent les interactions sociales, mais aussi la prise de décision lorsque l'adolescent pense que ses pairs auront un avis sur ce qu'il fait, qu'ils soient présents ou non. Les adolescents sont particulièrement attentifs et sensibles aux signaux sociaux, ce qui fait potentiellement le lit des ressentis d'inadéquation, d'embarras.

Les adolescents sont sensibles aux émotions procurées par la nouveauté et à tout ce qui crée des sensations fortes. Ils sont donc « programmés » pour prendre des risques, mais cela dépend fortement du contexte, et en particulier de la présence des pairs. À l'adolescence, par le biais des influences génétiques et biologiques, ils deviennent motivés pour s'engager dans de nouvelles expériences qui soient particulièrement récompensantes pour eux (qui leur procurent beaucoup de plaisir, d'un point de vue biologique, par le biais d'un largage de dopamine dans le circuit de la récompense, voir page 31). Ainsi, dans toutes les cultures (mais aussi pour tous les mammifères), la recherche de sensations est accrue chez les adolescents parce que leur cerveau envoie des signaux de récompense lorsqu'ils agissent de cette manière. Ces expériences provoquent une sensation d'éveil, de stimulation agréable et énergisante (un peu comme le « stress positif », ou *arousal*[25] en anglais), ainsi que du plaisir. Ils vont naturellement s'efforcer de les répéter ou d'en trouver de similaires (ce sont des expériences de *natural high*, nous y reviendrons). Les données scientifiques indiquent que la prise de risque à l'adolescence est concomitante à cette recherche de sensations associée à la puberté. Il semble en outre que cette prise de risque se produit principalement dans des contextes sociaux[26]. C'est-à-dire que les adolescents font preuve d'une plus grande prise de risque que les adultes ou les enfants principalement lorsqu'ils sont avec des pairs (ou croient être observés par des pairs). La probabilité qu'un adolescent adopte un comportement à risque est donc liée au contexte. Lorsque les adolescents sont en présence de leurs pairs ou dans une situation très chargée émotionnellement, les comportements à risque sont plus fréquents qu'à froid ou en présence d'un adulte de confiance (avoir en tête cet adulte limiterait les prises de risque). **La prise de risque à l'adolescence est souvent pointée du doigt comme problématique et liée à l'immaturité et à l'impulsivité. Or les adolescents sont biologiquement poussés à prendre des risques, ce n'est pas seulement un manque de contrôle !**

De plus, être désireux de prendre des risques présente un intérêt à cette période de leur vie. Cela leur permet de façon pragmatique d'explorer leur environnement au-delà du cercle familial, d'apprendre de nouvelles choses et de développer de nouvelles compétences. Il est important de garder en tête que « prendre un risque » peut indifféremment aboutir à une conséquence positive, neutre ou négative ; cela n'est pas toujours une mauvaise chose, au contraire ! Savoir prendre des risques (mesurés) est important et concourt à un développement

25. « Excitation ».
26. La recherche de sensations serait d'ailleurs liée aux modifications dans le système limbique provoquées par les hormones en début de puberté, hormones qui seraient aussi responsables du développement de l'acquisition de statut social et de la saillance motivationnelle (processus cognitif qui oriente le comportement d'un individu près ou loin d'un objet particulier, d'un événement ou d'un résultat perçu). L'association de la recherche de sensations et de la saillance motivationnelle du gain de statut social ou de l'admiration des pairs aboutirait à l'augmentation des prises de risque en situation sociale avec les pairs.

personnel « sain » : pour apprendre, saisir une opportunité, progresser, connaître ses limites, préciser ses motivations et donc mieux se connaître, mais également pour accroître ses capacités de résilience (voir partie 3). S'engager dans une expérience et tenter une action alors que l'issue est inconnue et/ou incertaine permet à un adolescent de développer un sens interne de ce que sont sa zone de confort, sa zone de croissance et sa zone de danger. L'enjeu est de trouver un équilibre entre prendre des risques, développer ses capacités de résilience et ne pas se mettre en danger de manière irréfléchie. Mais tolérer les issues incertaines de ce que nous entreprenons, sans trop de stress, est une compétence utile dans la vie quotidienne.

La prise de risque des adolescents ainsi que leur recherche d'admiration par leurs pairs pourraient ainsi avoir contribué à créer des capacités uniques en favorisant des comportements courageux, innovants et créatifs, au-delà des sentiers battus, tout au long de l'histoire humaine[27].

Les adolescents sont naturellement absorbés par eux-mêmes, leur identité, leur apparence et leurs soucis. Leurs capacités d'autoréflexion, de métacognition (penser à ce que l'on pense et à comment on pense) et de pensée abstraite se développent et sont mises au service de la construction identitaire, de leur système de valeurs et de priorités, mais aussi de la mise en ordre de leur monde, interne et externe, du sens de leurs actions, de leur place dans le monde. Les adolescents passent du temps à explorer qui ils sont, ce en quoi ils croient, ce qui compte pour eux et peuvent procéder par essais et erreurs, en adoptant des comportements de personnes qu'ils

27. Des données récentes de la littérature scientifique montrent que les individus qui prennent des risques « négatifs » ont aussi tendance à prendre des risques « positifs ». Cela va à l'encontre des hypothèses selon lesquelles les adolescents qui prennent des risques sont sur une voie de développement négative. Cela suggère plutôt que cette qualité chez une personne, le désir et le courage de prendre des risques, est une caractéristique individuelle qui peut donner des résultats positifs.

admirent ou en endossant temporairement une identité pour vérifier si elle leur convient. Ils apprennent à revenir sur leurs actions et à se réorienter pour agir conformément à des buts à long terme. Ils commencent à voir le monde avec des schémas conceptuels, au-delà de la logique factuelle qui dominait à l'école primaire. Ils prennent conscience de ce qui se passe en eux et autour d'eux de manière bien plus complexe, bien plus nuancée et abstraite, et sont capables de réfléchir à ce dont ils prennent conscience. Cette conscience de soi, des autres et du monde peut aussi prendre la forme de complexes sur l'image du corps, de comparaisons avec ceux qu'ils voient sur les réseaux sociaux, de préoccupations pour l'écologie ou d'autres grandes causes, etc. Cela les rend particulièrement sensibles à ce qui leur arrive et aux commentaires qu'ils entendent. Cela leur permet aussi de commencer à se décrire en termes d'identité. Les jeunes adolescents ont aussi parfois la particularité de se comporter différemment selon les personnes avec lesquelles ils se trouvent. Ils peuvent avoir un *persona*, ou façon d'être, différent avec leurs coéquipiers, leurs camarades, les membres de leur famille.

La façon la plus efficace d'apprendre change : pour une même tâche, un même exercice, un enfant, un adolescent et un adulte ne vont pas adopter les mêmes stratégies, ce qui peut avoir un impact sur la façon de transmettre des compétences aux adolescents. Les apprentissages, qu'ils soient scolaires ou dans les situations quotidiennes, se font de manière extrêmement variée : par enseignement explicite (je t'explique ce que tu dois savoir ou comment tu dois t'y prendre), par automatisation de certaines routines (arrivé à l'âge adulte, je me brosse les dents sans vraiment avoir à y penser matin et soir), par observation, par associations (si je fais cela, j'apprends que, le plus souvent, il se passe ceci) et par renforcement (voir partie 3). Les adolescents sont plus enclins à essayer de trouver une solution par eux-mêmes sans suivre de mode d'emploi. Ils sont aussi très sensibles aux aspects affectifs et émotionnels d'une tâche. L'impact de leur motivation et de leur sensibilité au statut et au respect est particulièrement important. Ils sont très motivés par ce qui leur tient à cœur, et donc très engagés dans les apprentissages qui sont en rapport, beaucoup moins par ce qui n'est pas leur priorité. Ainsi, de nombreux facteurs, comme la variabilité dans le degré d'engagement, dans la motivation, la sensibilité aux contextes social et affectif, ont un impact notable sur les capacités d'apprentissage, l'engagement et les performances scolaires, mais aussi sur l'apprentissage de certaines compétences du quotidien.

Cela dit, le cerveau de l'adolescent est capable d'apprendre particulièrement vite et de manière flexible. L'adolescence est une période importante pour le développement des compétences de contrôle cognitif par l'expérience. Lorsque les adolescents sont particulièrement motivés, leur capacité à s'engager peut se traduire par une maîtrise rapide de tâches complexes. Pour certains auteurs, c'est comme si leur cerveau avait des priorités d'apprentissage, des « attracteurs naturels[28] », de la même façon que marcher serait un attracteur naturel pour un bébé entre 1 an et 1 an et demi[29]. Les adolescents auraient ainsi tendance à orienter leur attention vers ces attracteurs naturels et à ressentir plus intensément les expériences en lien avec eux. Par le biais de leurs expériences d'apprentissage, les adolescents parviennent aussi à mieux connaître ce qui est source de plaisir ou de désagrément pour eux, ce qui donne du sens à leurs actions et leur procure un sentiment

---

28. Ronald E. Dahl, Nicolas B. Allen, Linda Wilbrecht et Ahna Ballonoff Suleiman, « Importance of investing in adolescence from a developmental science perspective », *Nature*, vol. 554, n° 7693, 2018.
29. Le cerveau humain recherche certaines expériences à différents moments du développement, dans un ordre défini, afin de pouvoir réaliser son potentiel. Vous reconnaîtrez ce principe dans le développement du langage des bébés, par exemple, ou dans l'apprentissage de la marche. Un bébé utilise la moindre occasion pour se mettre debout, développant des stratégies variées, se relevant chaque fois qu'il tombe. Cette même motivation intense a un focus différent, mais est poussée par une même force biologique au cours de l'adolescence : se connecter à ses pairs, gagner en autonomie, acquérir un statut, apprendre par soi-même.

d'autonomie et d'efficacité personnelle. Cela contribue à développer leur identité, leurs objectifs à moyen et long terme, mais également leurs capacités à prendre soin d'eux et à respecter leurs besoins et leurs limites.

Les adolescents ont besoin de temps, de pratique, de soutien et de confiance pour acquérir tous les savoirs, savoir-faire et savoir-être. Apprendre à décider, à faire ses propres choix, à s'occuper de soi, bref, à être autonome dans les actes de la vie quotidienne prend du temps et requiert de savoir comment faire et de s'entraîner. Ce n'est pas le fait d'atteindre un certain âge qui aboutit naturellement à savoir faire les courses, préparer un repas, gérer un budget ou résoudre un conflit : l'âge confère seulement les compétences nécessaires pour apprendre tout cela.

Leur cerveau se comporte différemment selon le contexte. Nous l'avons déjà dit en abordant la prise de risque, mais c'est une notion extrêmement importante à garder en tête et sur laquelle nous reviendrons dans la partie 3. Selon la situation dans laquelle ils se trouvent, en particulier si leurs pairs sont présents ou s'ils sont sous le coup d'une émotion forte (positive ou négative), la capacité des adolescents à recruter leur cerveau pensant, et donc à agir raisonnablement et à prendre une décision, n'est pas la même. Ce fonctionnement a un impact à plusieurs niveaux :

- **Sur l'apprentissage :** on ne peut pas apprendre correctement si l'on est en situation de danger et/ou sous le coup d'émotions fortes. Or, lorsqu'ils sont fatigués par exemple, ou en dette de sommeil[30], ils régulent moins bien leurs émotions, ce qui explique le retentissement de la fatigue sur les apprentissages !

30. Manque de sommeil chronique.

- **Sur la motivation :** c'est ce qui est important à cet âge-là, ce qui fait que certaines situations ou certains sujets sont attractifs, et d'autres beaucoup moins.
- **Sur la façon de se comporter en fonction du contexte :** à froid, votre adolescent sera capable de vous citer tous les risques associés à tel ou tel comportement (consommer de la drogue, consulter son téléphone à 2 heures du matin, sortir avec ses amis plutôt que réviser pour un examen), mais à chaud, lorsque les motivations et les arguments raisonnables sont contrebalancés par l'attrait d'être admiré par ses pairs (ou de ne pas être mis de côté), par exemple, le résultat peut être très différent.

Les adolescents ont besoin de trouver un sens à ce qu'ils font, de se sentir autonomes et de développer un sentiment d'agentivité[31], d'efficacité personnelle pour aller bien (tout cela a un impact sur leur santé mentale). À l'adolescence, les objectifs et les motivations sont sous-tendus par de puissants déterminants affectifs et émotionnels. Parmi ces derniers, le fait de se sentir respecté, autonome et de trouver un sens à ses actions joue un rôle important. La sensibilité des adolescents à l'appartenance, au sentiment d'être valorisé et respecté, au fait de trouver un moyen d'apporter une contribution reconnue (gagner du prestige et de l'admiration) peut façonner le développement d'objectifs, de valeurs et de priorités. Le besoin de trouver du sens est lié à la capacité de réfléchir sur soi-même, de développer une histoire à propos de soi, de mettre en sens, et il est donc aussi lié au besoin que leurs actions s'inscrivent dans une vision plus large que celle de leur propre existence, au besoin d'agir avec intentionnalité.

---

31. Capacité des individus à être des agents actifs de leur propre vie, c'est-à-dire à exercer un contrôle et une régulation de leurs actes.

C'est parce que leur existence se construit en lien avec leur environnement, notamment amical et social, mais aussi parce qu'ils sont sensibles au contexte social, que la crise du Covid-19 et le confinement ont été aussi douloureux pour les adolescents et les jeunes adultes. L'ensemble de leur réseau et de leurs valeurs s'est rapidement retrouvé bouleversé, et retrouver des repères au sein d'un quotidien fluctuant est particulièrement difficile[32].

Ainsi, à l'adolescence, les comportements de nos enfants changent et s'orientent vers de nouvelles expériences, en lien avec les enjeux développementaux de cette période :

- Ils s'engagent socialement pour réussir à s'intégrer à leurs pairs et passent moins de temps en famille. Ils adoptent des comportements qui leur confèrent un certain statut et du respect pour trouver leur place. Ils sont très sensibles à ce qui se passe dans leur environnement.
- Ils explorent avec créativité, sont désireux de vivre de nouvelles expériences qui stimulent leurs sens et leurs émotions, prennent des risques pour faire de nouveaux apprentissages et quitter le nid.
- Ils utilisent l'intensité inédite de leurs émotions et de leurs motivations pour apprendre, pour mieux se connaître, pour s'engager et trouver du sens à ce qu'ils font.
- Ils gagnent en autonomie, en sentiment d'efficacité personnelle, en capacité d'autorégulation et acquièrent de nouveaux savoirs, savoir-faire et savoir-être.

L'adolescence a été récemment décrite par plusieurs spécialistes comme le « nouveau 0 à 3 ans », parce que les adolescents explorent et apprennent au même rythme extraordinaire que les bébés et les tout-petits, et que leur cerveau aussi change à toute vitesse. **Le cerveau de**

32. Ces difficultés propres aux adolescents et l'impact sur leur santé mentale ont été observés non seulement en France, mais aussi dans le reste du monde. Voir l'article de Katherine Schulten dans le *New York Times*, « Teens on a Year That Changed Everything », 7 mars 2021.

l'adolescent fonctionne et mûrit comme il le fait pour de bonnes raisons et ne génère pas que des comportements immatures et irréfléchis. Les adolescents font preuve d'énergie, de volonté et de courage. Mieux connaître les aspects neuro-développementaux de l'adolescence permet de mieux comprendre nos enfants et fournit de nouvelles perspectives sur les fenêtres d'opportunité où nous pouvons avoir un impact positif particulièrement fort sur leurs trajectoires de vie.

Ces changements sont nécessaires; ils permettent l'acquisition de qualités et de compétences indispensables à l'âge adulte. **Ils sont aussi source de défis pour les parents.**

Les défis d'être parent d'un adolescent

Nous vous proposons de prendre un instant pour vous rappeler quel était votre état d'esprit face à votre nourrisson qui apprenait à marcher. Comment l'encouragiez-vous? Comment envisagiez-vous les risques et les bénéfices de ce comportement? Quelles étaient vos craintes quant à son succès ou son échec dans cette entreprise? Comment réagissiez-vous à ses chutes? Comment réagissiez-vous à cette poussée développementale naturelle mais nouvelle?

Comme nous l'avons abordé plus haut, le cerveau passe par des cycles de développement qui nous poussent à entreprendre de nouvelles expériences pour acquérir de nouvelles compétences: pour le tout-petit, apprendre à marcher; pour l'adolescent, devenir autonome dans un environnement social complexe. Tout comme le nourrisson démontrait sa motivation et une énergie farouche dans son apprentissage de la marche, les adolescents sont poussés à rencontrer leurs pairs, en dehors du cercle familial, et à rechercher la nouveauté.

Pour eux, c'est presque comme si certaines choses (de nouvelles expériences ou les amis) devenaient multicolores, et d'autres choses (par exemple, les passe-temps de l'enfance) se fondaient en noir et blanc. Leur attention, leurs envies et leurs préoccupations changent de cible. Ils sont poussés à accomplir ces tâches développementales spécifiques à l'adolescence, à aller vers ces nouvelles situations de manière à pouvoir acquérir de l'expérience, explorer et apprendre. Ainsi, lorsque votre préadolescent ou jeune adolescent refuse soudainement toute proposition d'activité en famille, mais accepte avec joie d'aller randonner avec ses amis, ce n'est pas parce que vous êtes particulièrement ennuyeux ou que vous avez raté quelque chose dans vos relations avec lui dans l'enfance, mais parce que, naturellement, il en est à ce stade de développement qui fait naître en lui ces nouvelles priorités. Il n'empêche que ces nouveaux comportements s'accompagnent de leur lot d'émotions et de réactions pour les parents, avec de nouveaux enjeux.

- **Votre vie de parents change. Accompagner un adolescent requiert des stratégies et un positionnement relationnel différents de ceux que vous aviez mis en place pour votre enfant plus jeune[33].** Il est souvent nécessaire de repenser, de revoir et de réinventer son rôle. De même que vous avez ajusté votre comportement et vos attentes à votre enfant entre 0 et 3 ans, puis durant les années de maternelle et les années de primaire, il est nécessaire d'adapter votre comportement durant les années d'adolescence, non pas sur le mode « J'enfile mon armure pour endurer ce qui vient », mais pour fournir le cadre adapté

33. Cela peut être d'autant plus un défi si vous élevez en même temps des enfants plus jeunes, dont les besoins sont différents.

aux besoins de votre ado au cours de cette période unique de sa vie. De même que vous ne vous attendiez pas que votre enfant entre 1 et 2 ans se mette à parler spontanément s'il n'était pas dans un « bain de langage » alors que vous saviez que son cerveau était prêt pour cela, ne vous attendez pas que votre adolescent apprenne toutes les compétences de vie utiles par magie.

Par ailleurs, votre identité en tant que parent et l'importance de sentir que votre enfant a besoin de vous sont entremêlées. Certains experts disent qu'être parent, c'est à la fois être un port d'attache et une rampe de lancement pour son enfant. Pour certains parents, il peut être plus facile d'être un port d'attache qu'une base de lancement, et vice versa ! La recherche d'identité et d'indépendance chez votre adolescent peut perturber la relation parent/enfant que vous aviez et créer de nouveaux niveaux de conflit et de détachement, ainsi qu'un sentiment de rejet difficile à supporter pour les parents. Les adolescents passent de la vision des parents comme des « héros » à celle de gens ordinaires, avec leurs qualités, leurs défauts et leurs limites, et remettent en question leur autorité. Il peut sembler aux parents qu'ils ne comptent plus (que seuls les pairs sont importants), mais la communication, les valeurs, le temps et leur engagement continuent de jouer un rôle essentiel dans la vie de leur enfant. Être parent d'un adolescent implique de trouver un équilibre entre lui accorder une certaine liberté et le protéger. Et bien sûr, les parents ont tous des perceptions différentes de ce que doit être cet équilibre.

Il peut être utile de prendre le temps de réfléchir à ce que cela vous fait de voir votre enfant grandir et s'autonomiser, et à ce que cela requiert d'ajustement de votre part. De même, réfléchir à pourquoi certaines situations vous secouent particulièrement peut vous aider à ne pas surréagir à certains comportements. Par exemple, cela encourage de savoir que certains comportements sont typiques des adolescents et sont nécessaires au développement d'un adulte autonome et compétent, qu'ils font partie du développement normal et ne sont pas un signe de rejet ou un trait de caractère permanent. **Nous vous encourageons à faire confiance au processus naturel de développement, à ne pas attendre la perfection, ni à vous comparer aux autres parents et à éviter de juger.**

- **Votre enfant a toujours besoin de votre présence, pas forcément physique, mais de savoir que vous êtes là.** Tout comme dans la rue, durant ses premières années de vie, vous lui teniez la main au moment de traverser ou tout du moins vous vous teniez tout près. Certains enfants donnent facilement la main, d'autres l'arrachent en gigotant et en refusant cette aide, mais nous pouvons tous nous accorder sur le besoin de supervision physique et proche, même si celle-ci prend un aspect un peu différent pour les enfants plus réticents. Il en est de même à l'adolescence : la présence est émotionnelle (voir partie 3) et non plus physique. Certains adolescents protesteront et la repousseront, mais le besoin est là. Chacun peut trouver sa manière d'être là pour le sien. Ils ont besoin de limites fermes, bienveillantes et respectueuses, même s'ils proclament haut et fort qu'ils « gèrent» (voir aussi partie 3).
- **Il faut apprendre à gérer son propre « collégien intérieur », ses scénarios catastrophes, ses conclusions hâtives, et à faire confiance au processus.** L'une des choses les plus difficiles lorsque l'on élève un enfant pendant ses années collège peut être le poids de son propre collégien intérieur, celui qui transpire, qui ne se sent pas à sa place, ne se reconnaît pas, doute de lui-même, ne sait pas où s'asseoir, est victime de moqueries... En tant que parent, on voudrait naturellement éviter tout inconfort et toute difficulté à son adolescent. Mais cela peut au contraire vous pousser à faire passer les mauvais messages et à être aussi dans la prophétie autoréalisatrice. Il est important de faire la part des choses entre ce qui vous appartient et ce qui relève vraiment de l'expérience personnelle de votre

enfant. Vous ne devez pas imaginer le pire, ni aller au-devant de tous les résultats négatifs possibles. Ainsi, il ne faut pas anticiper les conséquences sociales de certains comportements: s'inquiéter des réactions des camarades à sa place, refuser une suggestion à la place d'un professeur ou d'un entraîneur sportif, ou encore craindre un éventuel ou supposé manque de popularité. Cela peut valoir le coup de se reconnecter également aux expériences positives que l'on a reçues, à ce que l'on aurait aimé entendre, à ce que l'on peut dire à son collégien intérieur pour le consoler *a posteriori*. Essayez de ne pas enfermer ou étiqueter votre enfant alors qu'il est encore en construction. Quels que soient les tours et les détours empruntés, les risques pris, la plupart des adolescents s'en sortent bien!

- **Il faut s'attendre à des remous:** l'adolescence est un temps d'exploration qui nécessite de la liberté, beaucoup d'entraînement pour maîtriser certaines compétences, des essais, des erreurs, et donc de la compassion pour tout le monde. On ne sait pas du jour au lendemain faire cuire des pâtes, juste parce qu'on a l'âge. Les faux pas sont inévitables et ne doivent pas être considérés comme des drames. Garder en tête le potentiel d'apprentissage et le fait que c'est une phase dynamique peut aider à avoir confiance en l'avenir. Par ailleurs, il faut vous attendre à ce que toutes vos lacunes et vos contradictions d'être humain soient soulignées au cours de ces années: vous vous sentirez poussé à bout, provoqué, vous aurez l'impression que votre adolescent «vous cherche». Cela nécessite de **savoir prendre soin de soi et de ne pas prendre les choses trop personnellement**.
- **Il faut être conscient de la difficulté de trouver et de conserver un équilibre:** permettre des opportunités d'apprentissage tout en protégeant, soutenir tout en fournissant des limites importantes... C'est un équilibre subtil qu'il n'est pas toujours facile de définir! Parce que c'est le moment où le désir d'indépendance se fait plus fort et se met en actes. En tant que parent, il peut vous sembler plus difficile, moins utile et moins gratifiant de continuer à être présent tout en conservant

une juste distance et en laissant explorer ; il s'agit de montrer que vous êtes là sans être intrusif.

- **Il est indispensable de faire le point sur vos attentes et croyances à la lumière réaliste de qui est votre adolescent (tempérament, ce qui lui plaît, etc.) et de ce qu'est « censé » faire un adolescent.** Ayez en tête les tâches développementales de son âge tout en sachant que son tempérament et ses expériences passées vont colorer la personne qu'il est. En termes d'autonomie, par exemple, les enfants partent tous d'une ligne de départ très différente à l'entrée dans l'adolescence. À chacun son rythme et ses particularités de fonctionnement ! Rappelez-vous de toujours partir de qui est *votre* ado pour définir ce que vous pouvez, de manière réaliste, attendre de lui aujourd'hui : pas de qui vous souhaiteriez qu'il soit, pas de ce que vous projetiez qu'il serait, ni de comment il pourrait se comporter pour qu'être son parent soit comme vous l'aviez rêvé. **À noter que certaines attentes irréalistes sont à l'origine d'une grande réactivité de la part du parent : « Mais qui est cet être humain que j'ai en face de moi, qui ai-je élevé ? »**

Le besoin d'appartenance et de statut peut pousser votre ado à adopter certains rôles, parfois négatifs si des rôles plus positifs ne sont pas disponibles ou ne lui semblent pas à sa portée. Cela peut aider à comprendre certains comportements que vous trouvez incompréhensibles et injustifiables. De même, méfiez-vous des « récompenses concurrentes[34] » qui peuvent entrer en jeu dans un processus décisionnel (voir page 42) et pousser votre adolescent à faire quelque chose qui ne lui « ressemble » pas en présence de ses pairs.

- **Souvenez-vous que le cerveau de l'adolescent fonctionne complètement différemment selon le contexte** (les récompenses

34. Si une tâche que vous confiez à votre adolescent est en concurrence directe avec un comportement qui pourrait lui faire gagner un statut social, ce dernier est susceptible de l'emporter non pas parce que votre adolescent vous manque de respect ou se moque de vous, mais parce qu'il est poussé à privilégier les récompenses sociales.

concurrentes, l'effet des émotions sur le recrutement du cerveau raisonnable/pensant, l'effet de la présence des pairs). Nous reviendrons sur la façon de gérer cet état de fait dans la partie 3. Veillez cependant à vous servir des informations sur le fonctionnement cérébral à bon escient. Par exemple, la notion que le cerveau de l'adolescent est « immature » (voir page 17) est maintenant largement connue, le problème étant la façon dont cette information est utilisée. Plutôt que de se dire, du côté du parent : « De ce fait, c'est mon devoir de faire à sa place, il ne peut pas prendre de bonne décision » ; ou du côté de l'enfant : « Ce n'est pas ma faute si je suis impulsif », rappelez-vous que le cerveau se développe en fonction de son utilisation (s'entraîner à utiliser les fonctions exécutives est le meilleur moyen de muscler la capacité de réfléchir avant d'agir) et qu'il est possible de créer un environnement plus favorable à la prise de décision !

- **Face aux côtés négatifs et déroutants de certains comportements, il est utile d'essayer d'envisager de changer de perspective.** Le comportement des adolescents ne définit pas leur caractère pour la vie : ils apprennent, mûrissent et grandissent. Se souvenir de cette poussée « programmée » pour quitter le cocon familial et s'individualiser n'empêche pas d'établir des règles claires, mais cela aide à réguler sa propre réactivité. Voir son adolescent investir tout son temps dans les relations sociales « au détriment » du temps passé en famille, parfois des traditions, chercher à tout prix à plaire et à s'intégrer, à faire comme les autres, à vouloir les mêmes vêtements peut conduire le parent à penser : « J'ai élevé un enfant matérialiste, influençable, qui succombe à la pression ». Mais rappelez-vous que vos croyances et vos scénarios catastrophes colorent vos réactions et que les connexions et la sensibilité sociales fondent une grande partie de la vie émotionnelle et des prises de décision à cet âge-là. Pour ce qui est des prises de risque, il est bien entendu terrifiant d'avoir le sentiment de ne plus avoir la main sur la sécurité de son enfant. D'où l'importance de prendre soin de soi en tant que parent, d'avoir des stratégies pour se calmer avant de réagir, pour choisir le bon moment pour parler, pour écouter plus que parler, etc. afin d'établir un environnement sécurisant et propice à l'expérimentation saine. Demander à un adolescent de ne pas agir comme il le fait serait un peu comme demander à un jeune enfant de se calmer lorsqu'il est très excité. Il est plus efficace de créer les conditions permettant que les comportements et les actions soient appropriés, et de proposer des exutoires sains.

Savoir que le cerveau de l'adolescent est en cours de construction ne doit pas être une excuse pour tolérer les mauvais comportements comme être irrespectueux ou agressif, mais cela permet d'essayer de comprendre ce dont l'adolescent a besoin et d'adopter des stratégies adaptées (voir le partie 3 pour plus de détails sur ce sujet). Par exemple :

- **besoin d'autonomie :** lui donner plus de responsabilités au sein de la maison, lui laisser choisir la décoration de son espace, ses vêtements, sa coiffure ;
- **besoin d'expériences nouvelles et de prendre des risques mesurés :** lui proposer des activités de loisirs ;
- **besoin d'apprendre de nouvelles choses :** le faire sortir de sa zone de confort pour qu'il apprenne une nouvelle compétence, un nouveau hobby ;
- **besoin de relations sociales :** s'assurer qu'il a des opportunités d'intégration sociale, faire du logement un lien accueillant et respectueux pour les jeunes, l'encourager à se retrouver dans un endroit sûr, autoriser les échanges via le téléphone et les réseaux sociaux dans certaines limites ;
- **recherche de statut et de reconnaissance :** l'encourager à réfléchir à ses valeurs et à ses engagements, soutenir les projets qui lui tiennent à cœur.

Mieux comprendre les raisons pour lesquelles votre adolescent se comporte d'une certaine manière permet de lui offrir un environnement optimal :

- **L'environnement au sein duquel les adolescents évoluent (au sens large) prend une importance immense :** la famille, mais aussi l'environnement scolaire, les valeurs qui sont mises en avant, ce qui est récompensé ou non et ce qui est vu comme « réussir » ou non, la société/culture et ce qu'elle valorise, les messages qu'elle véhicule sur les possibles et le bonheur via le marketing, ce qui est à la mode, mais aussi ce qui existe aujourd'hui qui n'existait pas avant (les téléphones portables, Internet, les réseaux sociaux, les achats en ligne instantanés,). Les adolescents sont les cibles délibérées des agences de publicité pour certains produits et concepts – de l'alimentation aux cigarettes électroniques (Puff) en passant par les réseaux sociaux, à l'intérieur ou non d'un jeu vidéo. Ainsi, vous faites partie de l'environnement de votre adolescent, où votre rôle est crucial, mais l'environnement plus large est aussi à considérer.
- **Surprotéger et contrôler est un risque, même s'il est très difficile de se taire quand on a l'expérience et qu'on pense mieux savoir : il est sain de permettre aux adolescents de prendre des risques.** N'avoir à l'esprit que les enjeux stressants de l'adolescence et vouloir contrôler leurs expériences pour leur éviter d'être angoissés les empêche paradoxalement de développer la protection acquise en étant exposés à suffisamment de stress (la quantité optimale, en termes de mobilisation de nos ressources intérieures, d'énergie et d'éveil, pour être dans l'action avec suffisamment de « peps ») et de renforcer leurs capacités internes de réponse adaptée au stress (*coping skills*, résilience, demander de l'aide, savoir s'appuyer sur son réseau social). Comme un vaccin, les expériences permettent de construire une réaction qui conduit à surmonter le stress et qui pourra être réutilisée en cas de stress similaire pour y faire face plus facilement, à l'instar des anticorps. L'adolescent découvre ainsi des capacités d'adaptation et apprend le processus de

récupération. Il doit apprendre à repousser ses limites sans être submergé par l'inquiétude ni les émotions difficiles, et ce, pour mieux se connaître, mais aussi pour grandir, apprendre et évoluer en tant que personne.

- **Gardez en tête qu'écouter, c'est faire quelque chose et que cela peut être plus important que de dire quelque chose ou que de chercher à avoir la réaction parfaite.** Nous reviendrons sur certaines stratégies de communication qui peuvent être utiles pour renforcer la relation avec les adolescents dans la partie 3.
- **Le langage (ce qu'on dit et comment on le dit) a beaucoup d'importance :** à la fois par ce que vous représentez, les idées explicites et implicites que vous véhiculez, mais aussi par le ton de la voix, le respect de l'autonomie. Les adolescents ont un besoin fondamental de statut et de respect : le langage peut être respectueux et encourager l'autonomie et la compétence, il peut aussi être vécu comme infantilisant et contraignant. Il est utile de réfléchir plus attentivement à la façon de communiquer avec les adolescents (voir partie 3).

À retenir

Revenons à votre nourrisson : après quelques semaines durant lesquelles il se satisfaisait de son transat, puis de son parc, il cherche à se mettre debout, prend appui et commence à ébaucher quelques pas, de manière pataude et maladroite et sans véritable succès au début. Pensez à votre état d'esprit à ce moment-là, aux encouragements et aux tactiques que vous mettiez en place pour l'accompagner dans cet apprentissage. Pensez maintenant à la façon dont vous observez les prémisses de l'indépendance chez votre préado ou jeune adolescent. Les envisagez-vous comme une poussée développementale naturelle et la prochaine étape logique de sa croissance ?

Êtes-vous prêt à l'épauler avec patience et à adopter des stratégies pour le soutenir de façon d'abord très rapprochée, puis de plus en plus lointaine afin de vous ajuster à ses besoins changeants ?

L'adolescence est un temps de maturation qui nécessite de la liberté pour explorer, de la vie sociale/émotionnelle, de la pensée et des projets. Malgré la forte croyance culturelle selon laquelle l'importance des parents diminue par rapport à celle des pairs à cette période, la recherche et l'expérience clinique démontrent clairement que les relations avec le ou les parents sont un déterminant majeur de la santé et du bien-être des adolescents. Nous reviendrons dans la partie 3 sur des stratégies concrètes visant à renforcer ou à rétablir les relations et la communication avec eux.

L'adolescence est une période de la vie durant laquelle le cerveau, particulièrement malléable, crée des opportunités d'apprentissage et de créativité. L'un des rôles clés pour un adulte est de faire en sorte que le jeune se sente en sécurité et motivé (renforcé) afin que tout ce potentiel cérébral soit canalisé vers le cerveau pensant. Être parent d'un adolescent est un art subtil où l'on apprend à favoriser les opportunités d'apprentissage et à permettre des prises de risque mesurées, tout en protégeant, en soutenant et en fournissant des limites importantes.

Certes, nous préférerions que les adolescents ne prennent pas de risques pour éviter tout résultat négatif, mais les experts disent qu'ils rateraient alors des occasions d'apprendre et de développer leur cerveau. Pour cela, ils doivent entreprendre de nouvelles choses, mettre à l'épreuve leurs capacités cognitives et vivre une variété d'expériences. La clé est d'encourager les adolescents à adopter des comportements positifs de prise de risque et d'éviter de les microgérer ou de les « sauver » de chaque faux pas (voir partie 3).

Cela dit, les difficultés relationnelles, les portes qui claquent, les incompréhensions et les maladresses seront probablement de la partie. Essayez de ne pas attribuer chaque comportement de votre ado au fait de vouloir vous embêter, de se rebeller, de n'attribuer aucune importance à ce que vous dites, d'être paresseux ou faible de caractère. Rappelez-vous qu'il se passe en lui et autour de lui énormément de choses qui mobilisent son énergie, son attention et qui ont la priorité. Ne tirez pas de conclusion sur son avenir et ce que cela signifie de négatif pour lui. Accompagnez-le à son rythme en acceptant qui il est et en lui venant en aide. Lorraine Candy, journaliste anglaise, prend l'exemple de la chambre mal rangée[35] : « Vous voyez le bazar et ce qu'il signifie (ils s'en fichent, ils sont paresseux, ils ne seront jamais autonomes, etc.). Mais eux ne voient même pas le désordre car ils sont absorbés par leurs tâches développementales. »

Si vous trouvez que le rôle de parent est plus difficile que jamais dès lors que vous avez un adolescent, c'est probablement parce que vous avez fait du bon travail jusqu'à présent. Un adolescent en bonne santé est un être curieux, qui a envie de passer du temps avec ses camarades, qui doute, prend des risques, repère les contradictions et remet en question l'autorité. Au lieu de déplorer ce comportement (parfois exaspérant, certes), essayez plutôt de vous réjouir que votre adolescent soit exactement tel qu'il est censé être.

La plupart des adolescents seront aussi, à un moment donné, autocritiques, irrationnels, anxieux, de mauvaise humeur ou confus. C'est tout à fait normal. Cependant, lorsque les émotions, les comportements d'évitement, l'humeur triste ou irritable ont un impact sur la vie quotidienne de votre adolescent, que cela dure pendant une

35. Dans une *interview* avec Courtney Adamo, dans le cadre de ses cours en ligne sur l'adolescence, « In the Loop : Tweens & Teens ».

période prolongée, ou que vous remarquez une rupture nette avec son fonctionnement antérieur, il est possible que vous soyez face à des symptômes anxio-dépressifs ou à un autre problème de santé mentale qui nécessitent un accompagnement spécialisé, comme nous allons l'aborder dans la partie suivante.

Références et bibliographie de cette partie :

Articles scientifiques

Eveline A. Crone et Ronald E. Crone, « Understanding adolescence as a period of social-affective engagement and goal flexibility », *Nature Review Neuroscience*, vol. 13, n° 9, 2012.

Ronald E. Dahl, Nicolas B. Allen, Linda Wilbrecht et Ahna Ballonoff Suleiman, « Importance of investing in adolescence from a developmental science perspective », *Nature*, vol. 554, n° 7693, 2018.

Susan M. Sawyer, Peter S. Azzopardi, Dakshitha Wickremarathne et George C. Patton, « The Age of Adolescence », *The Lancet Child & Adolescent Health*, vol. 2, n° 2, 2018.

Katherine Schulten, « Teens on a Year That Changed Everything », *New York Times*, 7 mars 2021.

Livres

Daniel J. Siegel, *Le Cerveau de votre ado*, trad. Sabine Rolland, Les Arènes, 2018.

Jane Gilmour, Tara Murphy et Bettina Hohnen, *The Incredible Teenage Brain. Everything You Need to Know to Unlock Your Teen's Potential*, Jessica Kingsley, 2019.

Vidéo

Sarah-Jayne Blakemore, « The Neuroscience of the Teenage Brain », Youtube, 2018.

Partie 2

Santé mentale à l'adolescence

La santé mentale est de mieux en mieux prise en compte dans notre société, et la santé psychosociale des adolescents est de plus en plus évoquée et représentée, y compris dans les médias, les séries, etc. Elle est aussi de plus en plus étudiée, avec une préoccupation des chercheurs et des cliniciens pour déterminer les facteurs qui l'influencent, les modes d'apparition des troubles, les facteurs de risque et les causes potentielles, les facteurs protecteurs, les prises en charge les plus adaptées. Le fait que l'on en parle plus donne parfois l'impression que les troubles mentaux à l'adolescence sont plus fréquents qu'auparavant. En pratique, les études menées avant le Covid-19 (2017) estimaient qu'un jeune sur huit âgé entre 5 et 19 ans souffrait d'un trouble psychique[1], soit environ quatre élèves par classe, et il était considéré que ce taux était relativement stable. Cependant, en France comme dans d'autres pays d'Europe ou aux États-Unis, une augmentation importante de troubles dans la population adolescente (y compris les jeunes adultes et les préadolescents) a été rapportée depuis le début de la pandémie.

L'adolescence est le plus souvent une période de pleine forme physique, et nous avons insisté sur le potentiel de croissance et d'apprentissage lié aux remaniements cérébraux, mais c'est aussi une **période où la vulnérabilité liée à ces changements peut aboutir à l'apparition de troubles mentaux**. Par exemple, les premiers symptômes des troubles comme la schizophrénie ou le trouble bipolaire surviennent en général à l'adolescence. Des études récentes démontrent que les adolescents auraient trois fois plus de risques de développer un trouble mental que les enfants plus jeunes.

La santé mentale ne dépend pas d'une cause unique, mais de plusieurs facteurs qui s'enchevêtrent de façon complexe ; ils ne

1. Selon l'Institute for Health Metrics and Evaluation, Global Health Data Exchange (GHDx).

sont pas des liens causaux (avec une relation directe de cause à effet entre eux et l'apparition du trouble), mais plutôt des facteurs de risque (qui augmentent le risque que le trouble survienne) : susceptibilité génétique, tempérament mais aussi événements de vie, contexte social… Il existe également des facteurs protecteurs, qui diminuent le risque de survenue d'un trouble mental même dans un contexte adverse, tels que la qualité du soutien de l'environnement et des relations sociales, les modes de pensée centrés sur le positif (l'espoir, la motivation), la capacité de savoir réguler ses émotions et gérer son stress[2].

Le Dr Jean-Victor Blanc note qu'« il n'est pas "normal" d'aller mal à l'adolescence[3] ». La crise d'adolescence ne doit pas être synonyme de souffrance et de tristesse permanentes. Mais la difficulté en psychiatrie par rapport à d'autres disciplines est de définir la frontière entre le « normal » et le « pathologique » (par exemple, où se termine la timidité et où débute la phobie sociale ?). De la même façon que parfois on peut se sentir physiquement « en petite forme », psychologiquement, on peut se sentir anxieux, stressé ou cafardeux sans pour autant que cela soit pathologique. Ressentir des émotions fortes n'est pas non plus en soi synonyme de trouble psychique. En revanche, si leur intensité et les réactions dont elles sont à l'origine altèrent la vie de l'adolescent au point qu'il n'est pas possible pour lui de surmonter ces difficultés dans un délai « raisonnable », une pathologie peut être recherchée. Par exemple, il est normal d'aller moins bien après une rupture amoureuse, mais si le mal-être se prolonge sur une période longue, si l'adolescent se coupe de sa vie sociale et si sa scolarité est impactée, il est probable que cela relève d'un trouble. Il n'est pas rare d'entendre dans le langage courant

2. Ann S. Masten, « Global Perspectives on Resilience in Children and Youth », *Child Development*, vol. 85, n° 1, 2014.
3. Dr Jean-Victor Blanc, *Pop et psy*, Plon, 2019.

que l'adolescent est complètement « dépressif » ou bien « bipolaire » (car avant il rigolait et maintenant il est dévasté suite à une rupture amoureuse ou amicale), ou encore qu'il est « borderline ». Ces troubles existent et correspondent à des réalités cliniques que nous allons brièvement décrire dans ce chapitre. **Il est important de ne pas pathologiser à outrance des difficultés réelles, ni de les banaliser.** Par ailleurs, certains enfants sont pris en charge depuis plusieurs années pour des troubles neuro-développementaux, et l'entrée dans l'adolescence peut conduire à réévaluer les manifestations et l'impact de ces troubles.

Avant de passer en revue les différents troubles qui peuvent être rencontrés, rappelons que si vous avez besoin d'aide, si vous êtes inquiet ou si vous êtes confronté au suicide d'un membre de votre entourage, vous pouvez joindre le 3114, le numéro national de prévention du suicide, disponible 24 heures sur 24 et 7 jours sur 7. La ligne Suicide Écoute est aussi joignable au 01 45 39 40 00.

Gardez en tête les signes qui doivent vous amener à consulter un professionnel de santé :

- rupture nette avec le fonctionnement antérieur ;
- apparition de patterns de comportement, d'émotions et de réactions qui durent et impactent le quotidien et la participation dans les activités scolaires et extrascolaires ;
- agressivité envers soi-même ou envers les autres ;
- inefficacité des stratégies mises en place à la maison.

Des prises en charge adaptées et efficaces existent pour la plupart de ces troubles. De manière générale, plus la prise en charge est précoce, meilleur est le pronostic à moyen et long terme. Elle doit être une priorité de santé publique, en particulier dans le contexte récent de l'augmentation des troubles anxio-dépressifs et des tentatives de suicide[4].

Adolescence et neurodiversité

Le début de l'adolescence et les modifications cognitives et émotionnelles qui y sont liées correspondent en moyenne à l'entrée au collège. Dans le travail scolaire, cela se superpose ainsi à un moment où l'on va attendre de l'enfant plus d'autonomie et plus de compétences, où de nouvelles fonctions exécutives vont être sollicitées et où le niveau demandé se complexifie. Les fonctions exécutives englobent, par exemple, la capacité de planifier, la flexibilité permettant de passer d'un sujet à un autre, de retenir une information sur une période courte (mémoire à court terme), de concentrer son attention sur deux choses à la fois (écouter le professeur et regarder ce qu'il écrit au tableau par exemple). Or les fonctions cognitives sont modulées par la neurodiversité, et au niveau scolaire, les évaluations et les examens sont conçus pour des personnes ayant un profil cognitif neurotypique (ou « normal »).

Une bonne compréhension des différents profils cognitifs et neurodéveloppementaux est pertinente pour aider au mieux votre adolescent. Parmi les différents profils qui existent, on peut évoquer **le trouble déficit de l'attention avec ou sans hyperactivité, le trouble du spectre de l'autisme, les troubles des apprentissages,** etc. Leurs manifestations et l'intensité des symptômes varient d'un individu à l'autre. Certains adolescents seront très gênés par leurs difficultés ; pour d'autres, les

4. Richard Delorme, Anthony Cousien et Solen Kernéis, « Temporal Trends in Suicide Attempts Among Children in the Decade Before and During the COVID-19 Pandemic in Paris, France », *JAMA Network Open*, 2021.

troubles seront à peine perceptibles. Le plus souvent, les parents ont appris à connaître le profil cognitif de leurs enfants et les éventuelles difficultés qui y sont associées. Mais **à l'adolescence, l'association de ces particularités cognitives avec les spécificités développementales liées à l'âge modifie leur expression et leur vécu,** et peut complexifier la transition de l'école élémentaire vers le collège.

Des aménagements peuvent être proposés, comme un tiers temps ou un clavier, en fonction des difficultés. En France, ces adaptations sont mises en place soit par l'intermédiaire d'un PPS (projet personnalisé de scolarisation) lorsqu'il existe une reconnaissance de handicap auprès de la MPDH (maison départementale du handicap), soit, lorsque les difficultés ne relèvent pas de la MDPH, via un PAP (projet d'accueil personnalisé). Les parents et les adolescents peuvent avoir une certaine appréhension vis-à-vis des difficultés et des aménagements, avec l'idée que cela pourrait être honteux pour l'adolescent ou ses pairs. Il est préférable de prendre le temps d'échanger avec votre ado sur la perception qu'il a de son trouble et sur les solutions envisageables, et de tenir compte de leur impact potentiel sur son identité en construction. Il peut être dans le déni ou rechercher de manière excessive les causes de son trouble, ou bien l'utiliser comme explication (qu'elle soit pertinente ou non) pour toutes les choses négatives qui lui arrivent dans la vie. À l'inverse, grâce à la maturation de ses capacités de réflexion, il peut s'efforcer de mieux comprendre ses symptômes et leur implication, prendre du recul et de se projeter dans le futur.

Le fait que votre adolescent ait un trouble ou des difficultés ne doit pas vous empêcher d'avoir des attentes le concernant, il faut au contraire ne pas hésiter à le féliciter et à l'encourager dès qu'il atteint les objectifs fixés. Il se peut que les adolescents ayant des difficultés n'empruntent pas le même chemin (en termes d'apprentissage) que ceux qui n'en ont pas, mais il y a de nombreuses façons de parvenir à une vie adulte heureuse. D'ailleurs, il n'y a pas que des aspects négatifs à être neurodivers : ces mêmes adolescents sont souvent plus persévérants et plus créatifs pour trouver une solution face à un problème, ils sont plus endurants et plus tenaces face à l'adversité.

Adolescence et troubles anxieux

L'anxiété est l'expérience d'un sentiment d'inquiétude en lien avec une pensée, elle correspond souvent à **la crainte que quelque chose de terrible pourrait arriver**. Des symptômes physiques peuvent être associés, tels que maux de tête, accélération du rythme cardiaque, bouche sèche, sueur, tremblement. Les adolescents anxieux ont tendance à éviter les comportements et les situations qu'ils redoutent. À court terme, cela leur permet de ne pas ressentir de l'anxiété, mais à long terme, cela ne fait que renforcer la crainte liée à la situation. Par exemple, si j'ai peur des chiens et que, chaque fois que j'en croise un, je crains qu'il m'attaque, je vais rapidement m'éloigner quand j'en verrai un. Cela permettra une diminution rapide de l'anxiété et donc un soulagement, mais cela va renforcer la croyance que si j'étais resté, j'aurais pu être attaqué. Ainsi, éviter la confrontation créer un cercle vicieux qui ne fait que confirmer la crainte initiale. Notons qu'anxiété et stress sont différents (voir partie 3, page 139).

Il n'est souvent pas utile de dire à votre adolescent de ne pas s'inquiéter. Il vaut mieux plutôt valider les sentiments difficiles qu'il peut ressentir et l'aider à trouver des moyens de les gérer (voir liste de *coping skills* dans la partie 3). Les thérapies cognitives et comportementales (TCC) ont montré leur efficacité dans la prise en charge des troubles anxieux. Elles consistent à mettre en lien les pensées, les émotions et les comportements, et à exposer graduellement à ce qui déclenche l'anxiété.

Une forme particulière d'anxiété répandue ces derniers mois chez les jeunes est l'**éco-anxiété**. Une étude américaine[5] rapporte que 80 % des enfants et des adolescents sont inquiets, tristes ou en colère en ce qui concerne les problèmes environnementaux. L'anxiété peut être ressentie, ou non, dans des proportions pathologiques. Elle est plus importante dans les pays directement touchés par le changement climatique. Lorsqu'une catastrophe naturelle se produit, certains adolescents peuvent souffrir de trouble de stress post-traumatique. La prise en charge de l'éco-anxiété est souvent similaire à celle des autres troubles anxieux, avec un accent particulier mis sur les actions allant dans le sens de la protection de l'environnement, même à un niveau très local (tri sélectif, recyclage, sensibilisation des camarades, lancer un mouvement).

Adolescence et troubles de l'humeur

La dépression

Les symptômes les plus typiques de la dépression sont :

- se sentir triste, désespéré ou irritable la plupart du temps ;
- ne pas vouloir ou ne plus aimer faire des choses amusantes ou qui étaient appréciées auparavant ;
- connaître des variations dans ses habitudes alimentaires (manger beaucoup plus ou moins que d'habitude) ;

5. Susan Jean Strife, « Children's Environmental Concerns : Expressing Ecophobia », *Journal of Environmental Education*, vol. 43, n° 1, 2012.

- dormir beaucoup plus ou moins que la normale;
- être fatigué, lent ou agité et tendu la plupart du temps;
- avoir du mal à être attentif;
- se sentir inutile ou coupable;
- avoir des comportements auto-agressifs (automutilations, comportements autodestructeurs).

Les adolescents ont parfois des difficultés à exprimer ce qu'ils ressentent. On peut ainsi confondre la dépression avec de la déprime ou une crise d'ado. **C'est souvent le changement avec l'état antérieur qui doit alerter, ainsi que sa durée dans le temps.**

La dépression à l'adolescence est courante: près de 8 % des adolescents entre 12 et 18 ans en souffriraient[6]. Les chercheurs estiment qu'environ un jeune sur cinq traversera une période de dépression avant l'âge de 18 ans. Une grande partie d'entre eux ne reçoivent pas d'aide, parce que leurs difficultés ne sont pas bien perçues ou parce qu'ils ne souhaitent pas être aidés. Il existe des traitements efficaces; un traitement précoce peut empêcher des récidives ou des rechutes.

Que faire en pratique?

En cas de tristesse passagère mais fréquente, quelques idées peuvent aider votre adolescent:

- Essayez de réduire le stress à la maison et de favoriser un climat serein (voir partie 3).
- Encouragez votre adolescent à adopter des stratégies de relaxation pour trouver le sommeil ou diminuer l'anxiété.
- Aidez-le à prendre le temps de prendre soin de lui.

6. Haute Autorité de santé, « La dépression de l'adolescent: comment repérer et prendre en charge? Questions/réponses », décembre 2014. Ce chiffre est probablement plus important depuis le Covid-19.

- Essayez de trouver avec lui ce qui pourrait l'aider à fixer de petits objectifs accessibles et réalistes qu'il est en mesure de réaliser.
- Aidez-le à dresser une liste des choses qui l'ennuient, puis à les classer de manière à prendre du recul et à s'occuper d'un problème à la fois, en commençant par le plus facile à résoudre.
- Certaines situations peuvent déclencher de la tristesse. Si vous arrivez à les identifier chez votre adolescent, voyez avec lui comment les appréhender différemment, cherchez des réponses alternatives afin de ne pas maintenir cette tristesse.
- Encouragez-le à faire des activités qui améliorent son moral.

En cas de dépression avérée, une prise en charge professionnelle adaptée sera nécessaire et quelques mesures, en plus de celles listées ci-dessus, seront utiles à la maison. Expliquez les symptômes au reste de la famille (et notamment la fratrie) :

- L'adolescent n'en « rajoute » pas.
- Ce qui peut être pris pour de la paresse correspond à des symptômes de la dépression.
- Parler de la dépression et/ou d'une personne qui en a été atteinte dans le passé aide à dédramatiser la situation en montrant que l'adolescent n'est pas seul et qu'il est possible qu'il aille mieux.

Les adolescents souffrant de dépression peuvent avoir l'impression qu'il n'y a pas de solution pour eux, cela fait partie des symptômes, ce n'est pas la réalité ! Il est important de le leur rappeler. La prise en charge et les traitements, notamment médicamenteux, soulagent les individus qui souffrent de dépression. Néanmoins, l'amélioration n'étant pas immédiate, il faut souvent attendre plusieurs semaines et maintenir les soins dans le temps pour éviter une rechute.

Une dépression extrême peut amener un adolescent à penser au suicide ou à le planifier. Dans ce cas, une prise en charge spécifique de prévention du risque suicidaire est nécessaire (voir page 69).

La bipolarité

À l'adolescence peuvent également apparaître les troubles de l'humeur tels que les troubles bipolaires. Tous les adolescents connaissent des variations de l'humeur, ce qui est normal. Parfois, notre humeur est « élevée », nous avons plus d'énergie et d'enthousiasme. À d'autres moments, elle est « basse » et nous avons moins d'énergie. **Dans les troubles bipolaires, ces variations sont extrêmes et ont un retentissement sur la vie de l'individu.** Les personnes bipolaires n'ont pas de symptômes entre les épisodes et peuvent avoir une vie sans que le trouble ait de répercussion sur leur quotidien. De nombreuses célébrités souffrent de bipolarité, ce trouble étant associé à une créativité accrue. Il touche 1 % des adolescents et 2,5 % des adultes dans le monde[7]. Dans la forme classique du trouble bipolaire, les personnes ont des hauts (phase maniaque) et des bas (phase dépressive), d'où le terme « bipolaire » (deux pôles).

Les **épisodes maniaques** correspondent à des périodes où la personne a beaucoup d'énergie, mais de manière pathologique. On peut repérer plusieurs symptômes :

- La personne dépense beaucoup d'énergie et a besoin de moins de sommeil pendant plusieurs jours et même plusieurs semaines (par exemple, n'avoir besoin de dormir que quelques heures, voire pas du tout, mais être très en forme le lendemain).
- La personne manifeste une extrême bonne humeur, voire une humeur euphorique, alliée parfois une extrême irritabilité.

7. P. M. Lewinsohn, D. N. Klein et J. R. Seeley, « Bipolar disorder during adolescence and young adulthood in a community sample », *Bipolar Disorders*, vol. 2, n° 3, 2000.

- Les pensées et les idées vont très vite et défilent dans la tête de la personne.
- Le discours est accéléré et difficile à suivre, tant sur le fond que sur la forme.
- La personne est facilement distraite, passant d'un sujet à l'autre (du coq à l'âne).
- La personne exprime une estime de soi élevée, voire a un ego démesuré, avec des idées de grandeur ou irréalistes (« J'ai gagné au loto », « Je suis un roi »...).
- L'activité physique et mentale est accrue.
- La personne agit de manière impulsive, achète des choses en grande quantité sans réfléchir aux conséquences, ou joue à des jeux d'argent, voit sa libido augmenter, a des comportements à risque comme la prise de drogue.
- La personne ne perçoit pas le changement ou de problème dans son attitude, elle ne remet pas en question son état ni sa manière de se comporter.

En cas d'état maniaque d'intensité moindre, on parle d'état **hypomaniaque**. Lorsque la personne est hypomaniaque, on observe un changement net dans son fonctionnement, néanmoins le degré est moins sévère. L'évolution peut aller vers un état maniaque ou vers un état dépressif et nécessite également la mise en place de soins.

À l'opposé, les **épisodes dépressifs** dans le trouble bipolaire présentent les mêmes caractéristiques que celles de la dépression citée plus tôt.

Parfois, la personne peut également perdre contact avec la réalité (aussi bien dans les épisodes maniaques que dépressifs) avec des hallucinations (elle entend ou perçoit des choses qui ne sont pas réellement là), ou bien avoir des idées délirantes comme croire qu'elle peut voler ou qu'elle est une célébrité (dans les phases maniaques), ou encore se sentir coupable de manière irrationnelle (dans une phase dépressive).

Des symptômes évocateurs du trouble bipolaire doivent conduire à rechercher une évaluation et une prise en charge spécialisées.

Adolescence et risque suicidaire

Chez les jeunes de 10 à 24 ans, le suicide est l'une des principales causes de décès. 25 % des ados peuvent verbaliser des idéations suicidaires, et certains signes doivent alerter :

- dire vouloir mourir ou se suicider ;
- se sentir vide ou sans espoir, dire n'avoir aucune raison de vivre ;
- se sentir pris au piège ou croire qu'il n'y a pas de solutions ;
- ressentir une douleur émotionnelle ou physique insupportable ;
- parler d'être un fardeau pour les autres ;
- s'isoler de sa famille et de ses amis ;
- donner des biens importants pour soi ou de valeur ;
- dire au revoir aux amis et à la famille ;
- prendre de grands risques qui peuvent être mortels ;
- parler, plaisanter ou penser souvent à la mort et au suicide ;
- voir son sommeil changer de rythme ou de qualité ;
- intimider ou être intimidé ;
- manquer d'acceptation (pour le genre ou l'identité sexuelle).

Le suicide n'est pas une réponse normale à une situation de tristesse, de stress ou d'anxiété majeure. **Les pensées ou les actions suicidaires sont un signe de détresse extrême et ne doivent pas être**

ignorées. Bien souvent, la suicidalité est un état temporaire, pas un trait que nous avons pour toujours, il est donc important d'agir pour prévenir le risque suicidaire : comprendre les faits, connaître les signes, identifier les risques et les facteurs de protection et créer un plan d'action sont autant de préventions.

Le suicide est un sujet douloureux et émouvant, mais en parler ne conduira pas un adolescent à se suicider. Au contraire, en parler ouvertement augmente l'espoir et diminue l'anxiété.

- Écoutez et posez des questions sans jugement : « Est-ce que cela t'arrive de penser que la vie ne vaut pas la peine d'être vécue ? Est-ce que tu as parfois peur de te faire du mal ? »
- Discutez des ressources.
- Proposez à votre enfant d'enregistrer dans son téléphone le numéro de la hotline Écoute Suicide.
- Mettez en place une surveillance adaptée (ne pas le laisser seul, par exemple).
- Faites-vous accompagner par un professionnel de la santé mentale.

Les idées suicidaires conduisent parfois à l'automédication et à l'usage de substances. Or cette consommation peut aggraver la dépression, une perte d'inhibition et une éventuelle impulsivité qui augmentent à leur tour les risques de suicide. Si votre adolescent a exprimé des idées noires, essayez de sécuriser votre logement, ne pas avoir, par exemple, une pharmacie importante facilement accessible et de surveiller les bouteilles d'alcool.

Les facteurs de risque connus de risque suicidaire sont :

- l'existence d'une dépression ou autres problèmes de santé mentale ;

- une consommation de substances ou la modification des habitudes de consommation ;
- un sentiment de désespoir ;
- de précédentes tentatives de suicide ;
- un isolement social.

Les facteurs de protection sont :

- bénéficier d'un réseau de soutien social ;
- développer des *coping skills* positifs ;
- avoir un sommeil de bonne qualité ;
- s'engager dans des activités qui ont du sens, par exemple célébrer des rituels et des traditions ;
- passer du temps avec ses amis, sa famille et/ou des adultes ressources (de confiance) ;
- pratiquer des activités pour le plaisir : sport, musique, art, etc.

Adolescence et « troubles de la personnalité »

D'un point de vue diagnostique, on considère que l'on ne peut pas parler de trouble de la personnalité avant la fin de l'adolescence. En effet, pendant cette période, la personnalité est en construction et de nombreux changements vont encore avoir lieu. Néanmoins, **il arrive que l'on retrouve chez certains adolescents des traits évocateurs d'un trouble de la personnalité de type « borderline » (ou état limite) en cours de constitution.** Ce trouble de la personnalité serait présent chez 6 à 18 % des adolescents[8].

8. Daniel F. Becker, Carlos M. Grilo, William S. Edell et Thomas H. McGlashan, « Diagnostic efficiency of borderline personality disorder criteria in hospitalized adolescents : Comparison with hospitalized adults », *American Journal of Psychiatry*, vol. 159, n° 12, décembre 2022.

Les adolescents qui ont des traits[9] de personnalité limite (ou borderline) présentent les caractéristiques suivantes :

- une peur démesurée d'être abandonnés ou rejetés. Ils peuvent du coup être accaparants, voire étouffants, et avoir besoin d'être beaucoup rassurés ;
- des difficultés à gérer les émotions (comme la colère parfois explosive), avec des sautes d'humeur fréquentes et intenses ;
- une impulsivité et des comportements dangereux (comme l'automutilation ou la consommation de drogue et d'alcool) pour maîtriser leurs émotions intenses. Ces comportements néfastes et dangereux peuvent eux-mêmes entraîner d'autres problèmes ;
- un sentiment de solitude et de vide intérieur et des idées suicidaires ;
- des réactions pouvant passer d'un extrême à l'autre (de l'amour profond à une haine intense à l'égard de la même personne).

Il existe souvent, dans les antécédents, des traumatismes dans l'enfance (abandon, décès d'un proche, abus...), mais ce n'est pas systématique.

Les complications sont potentiellement nombreuses : troubles anxieux, toxicomanie, troubles de l'humeur, troubles de l'alimentation (généralement une frénésie alimentaire ou une boulimie, plus rarement une anorexie mentale). La suspicion d'un trouble de la personnalité en cours de constitution nécessite une prise en charge globale, le plus tôt possible. La DBT (*dialectical behavorial therapy*), qui est une forme de thérapie cognitivo-comportementale, serait la prise en charge la plus efficace en encourageant à adopter des *coping skills* positifs, c'est-à-dire des stratégies de régulation des émotions et d'expression des besoins adaptées.

9. On parle de traits car le trouble n'est pas encore caractérisé avant 18 ans.

Adolescence et troubles du comportement alimentaire (TCA)

Les signes d'alerte qui peuvent vous orienter vers l'apparition d'un TCA à l'adolescence sont :

- perdre du poids ou ne pas en prendre à un âge où on est supposé en prendre ;
- ne pas grandir.
- avoir peur de prendre du poids ;
- commencer un régime ;
- modifier son alimentation ou devenir plus capricieux (avec un niveau de restriction qui augmente) ;
- cacher de la nourriture ou émietter le contenu de son assiette ;
- toujours aller aux toilettes après les repas ;
- consulter des sites pro-anorexie (aussi appelés pro-ana) ;
- de la nourriture disparaît des placards ;
- jeûner ou sauter des repas ;
- refuser de manger chez des amis ou dans la famille ;
- dérèglement des règles si ces dernières étaient régulières ;
- avoir des conduites de purge (vomir, par exemple) ;
- être rigide en termes de régime ;
- faire des exercices physiques en disant « devoir le faire » comme si c'était une obligation ;
- refuser que d'autres personnes préparent le repas ;
- peser et mesurer la quantité de nourriture ingérée.

Parfois, les familles ont l'impression que la personnalité de l'adolescent change. Il faut comprendre que c'est bien le trouble qui entraîne ces modifications, la peur de perdre du poids pouvant être associée à une anxiété importante. L'adolescent peut se mettre à mentir ou à dissimuler par crainte de devoir s'alimenter et de prendre du poids. Des symptômes dépressifs peuvent aussi être induits par la dénutrition. Le plus souvent, le début du trouble est insidieux et il est fréquent que la famille n'en prenne conscience que seulement plusieurs semaines, voire plusieurs mois, après son début.

L'apparition d'un TCA répond à un modèle causal multifactoriel complexe qui associe des facteurs de risque à un ou des facteurs précipitants et à des facteurs pérennisants.

Les différents types de troubles du comportement alimentaire :

- **L'anorexie mentale** touche 1 % des adolescents. C'est la peur de prendre du poids ou de devenir gros. Le poids réel n'est pas en lien avec l'image ou la perception qu'en a l'adolescent. Il va restreindre son alimentation et cela va entraîner une perte de poids ou une cassure de la courbe de poids s'il est toujours en période de croissance. Parfois, il exerce une activité physique importante dans le but de brûler des calories. Enfin, cela peut avoir un retentissement sur le moral (dépression), sur le travail scolaire et sur la vie familiale.
- **La boulimie** correspond au fait de manger en grande quantité sur une période courte, avec l'impression de perdre le contrôle et un sentiment de honte ou de culpabilité après la crise. Y sont associées des conduites pour éviter la prise de poids (vomissement provoqué, prise de laxatif, période de jeûne ou bien exercice physique pour compenser). Ces frénésies alimentaires peuvent survenir après un régime ou des périodes de privation, et un cercle vicieux se met alors en place (jeûne → craquage → nouveau jeûne pour compenser le fait d'avoir consommé de la nourriture en quantité…). On estime que 4 % des adolescents pourraient être concernés. Il n'y a pas forcément de perte ou de prise de poids.
- **L'hyperphagie boulimique** *(binge eating disorder)* équivaut à des symptômes de boulimie sans les stratégies de contrôle de poids associées. Ce trouble entraîne le plus souvent une prise de poids et une détresse importante.

Comment accompagner votre adolescent :

- Il est important de consulter un spécialiste, vous trouverez des ressources sur le site de la Fédération française de l'anorexie et de la boulimie[10].
- Expliquez à votre adolescent que vous vous inquiétez pour lui, que vous allez chercher ensemble de l'aide.
- Soyez à l'écoute, essayez de maintenir le dialogue. Dites-lui que vous êtes là pour l'écouter et savoir comme il se sent.
- Essayez de le soutenir et de l'aider à reconnaître ses émotions.
- Ne perdez pas votre temps en vous blâmant ou en blâmant votre enfant. Souvent, on cherche à comprendre ce que l'on a mal fait, ou pas fait, qui peut avoir conduit à la situation. La réalité est que, le plus souvent, on ne sait pas et que ne pas savoir n'empêche pas de traiter et de guérir. De plus, on en arrive parfois à reprocher à l'adolescent son comportement, mais il faut bien comprendre que c'est la maladie qui a pris le contrôle, que ce que l'on observe sont des symptômes, non pas ses traits de caractère.
- Essayez de bien comprendre le trouble avant de vous lancer dans des aides qui pourraient être contre-productives. Gardez en tête que même si cela vous semble paradoxal, votre adolescent mange moins pour aller mieux, selon le schéma de pensée qu'il a à cause de la maladie. N'oubliez pas que le manque de nourriture, voire la dénutrition, modifie notre manière de penser et notre humeur.
- Enfin, faire des commentaires sur l'apparence ou sur le poids n'est pas une bonne idée, que ces commentaires soient positifs ou négatifs ; il existe un risque non négligeable qu'ils soient contre-productifs. Travaillez à diminuer l'importance de l'apparence aux yeux de votre adolescent (voir page 123).

10. https://www.ffab.fr

Adolescence et automutilations

Les automutilations correspondent à une tentative délibérée de se faire du mal sans intention de se donner la mort. Le plus souvent, cela prend la forme de scarifications, les autres modes étant plus rares (égratignures, brûlures). Ces comportements sont plus fréquents chez les adolescents que chez les adultes, et 17 % des adolescents se seraient déjà automutilés[11].

Ces comportements surviennent généralement dans le but de gérer des émotions désagréables, comme apaiser une anxiété ou une douleur, ou bien pour exprimer sa douleur ou sa détresse, ou encore pour lutter contre des sentiments d'ennui et de vide intérieur.

On peut retrouver des facteurs de risque d'automutilation, telle une vulnérabilité en lien avec des expériences de vie (antécédents de trauma dans l'enfance, par exemple), mais ce n'est pas systématique. De plus, il existe une forme de contagiosité : plus ce type de comportement est médiatisé, plus on note une augmentation de la fréquence de ces comportements au sein d'un groupe de jeunes[12]. On peut aussi repérer un déclencheur, comme une cause de stress à l'école (notes, camarades de classe, enseignants), dans les relations sociales (amours, amitiés, famille), à la maison (divorce, séparation, conflit dans la fratrie).

Pour accompagner au mieux votre adolescent :

- Aidez-le à identifier l'émotion (par exemple, le stress) qui pourrait favoriser le déclenchement des automutilations, à trouver une réponse

11. Mary K. Nixon, Paula Cloutier et S. Mikael Jansson, « Nonsuicidal self-harm in youth : A population-based survey », *Canadian Medical Association Journal*, vol. 178, n° 3, 2008.
12. Ian Colman, « Associations Between Adolescent Depression and Self-Harm Behaviors and Screen Media Use in a Nationally Representative Time-Diary Study », *Canadian Medical Association Journal*, 2018.

adaptée à l'émotion, à savoir exprimer son émotion et ses éventuels besoins.

- Aiguillez-le dans ses stratégies de résolution de problème de façon à développer des *coping skills* positifs (voir page 133).
- Aidez-le à prendre conscience de ses éventuelles pensées dysfonctionnelles et à trouver des pensées alternatives qui puissent les contrebalancer (remplacer, par exemple, « Personne ne m'aime » par des pensées plus réalistes et plus positives telles que « Je suis en conflit avec untel, mais cela ne veut pas dire que les autres ne m'apprécient pas »).
- Soutenez-le dans ses stratégies de communication pour qu'il puisse s'affirmer et dire ce qui ne va pas ou ce qui va.
- Ne lui demandez pas : « Mais pourquoi fais-tu cela ? » Essayez plutôt d'exprimer le fait que votre ado n'est pas seul face à des émotions difficiles et de nommer les émotions difficiles que vous notez chez lui.
- N'en faites pas votre histoire : « Ne fais pas ça, tu sais bien que cela me cause du souci » ou : « Je veux juste te retrouver tel que tu étais avant... » Exprimez simplement votre inquiétude : « Je m'inquiète de te voir te faire du mal et j'aimerais que l'on réfléchisse ensemble à ce que qui pourrait t'aider. »
- Ne lui dites pas qu'il est fou : « Tu ne ferais pas un truc fou comme te tuer, n'est-ce pas ?! » Posez plutôt des questions directes sur les pensées : « As-tu déjà pensé à... ? »
- Ne stigmatisez pas les maladies mentales, ne dites pas : « Je ne comprends pas comment on peut faire cela. »
- Demandez-lui comment vous pouvez l'aider, de quoi il a besoin.
- Dites-lui que vous êtes présent aussi pour parler des automutilations et que vous pouvez écouter sans le juger.
- Apprenez les premiers soins de base (désinfecter les plaies et savoir les prendre en charge). Si les coupures sont plus profondes, il faut consulter soit aux urgences, soit dans un centre de santé.

- Proposez-lui de réfléchir à différentes alternatives aux automutilations. Le plus souvent, on peut suggérer des stratégies en lien avec les sens : écouter de la musique, faire de l'exercice, frapper dans un punching-ball, déchirer du papier, écraser de la pâte à modeler, danser ; cela peut passer par le toucher : exercer des pressions comme pour un massage, prendre un bain chaud ou une douche froide ; par l'odorat : allumer une bougie parfumée ; par le goût : mâcher un chewing-gum, croquer des glaçons, boire de l'eau très froide…
- Essayez de ne pas le culpabiliser. Cela risque d'augmenter sa culpabilité et son mal-être, avec pour conséquence qu'il ne s'autorise pas à venir vers vous pour trouver de l'aide.
- Ne lui dites pas simplement d'arrêter (s'il le pouvait, il le ferait). L'automutilation est le moyen qu'il a trouvé pour faire face, c'est une forme de stratégie pour gérer ses difficultés, un *coping skill* négatif, il faut donc en trouver une autre car il ne pourra pas faire face sans stratégie. Les approches de type DBT[13], qui sont une forme de thérapie cognitivo-comportementale, sont particulièrement indiquées.

Adolescence et entrée dans un trouble mental comme la schizophrénie

La schizophrénie est une pathologie qui touche 0,7 à 1 % de la population et nous la citons ici car les premiers signes apparaissent le plus souvent à l'adolescence. Néanmoins, décrire en détail ses manifestations dépasse le cadre de cet ouvrage. Retenez qu'en cas de rupture nette du fonctionnement de votre adolescent par rapport

13. Thérapie comportementale dialectique.

à son fonctionnement antérieur (une perte de contact avec la réalité ou des symptômes évocateurs d'un délire), une évaluation spécialisée peut être nécessaire pour vous orienter vers une prise en charge adaptée si besoin. **Comme les autres troubles mentaux, le pronostic de la schizophrénie est lié à la précocité de la prise en charge**, et les traitements médicamenteux et non médicamenteux ont beaucoup évolué ces dernières années, minimisant l'impact de ce trouble sur la vie quotidienne.

Dans la première partie de cet ouvrage, nous avons présenté en quoi l'adolescence constituait une phase développementale unique, porteuse d'opportunités et d'épanouissement. Dans cette deuxième partie, il nous a paru nécessaire d'évoquer les situations où, au contraire, l'adolescence était marquée par une transition vers un trouble mental. Il est indispensable de prendre en compte l'importance de la santé mentale à cette période phare de la vie, en termes de conséquences à moyen et long terme. Les troubles mentaux décrits dans ce chapitre sont tous liés à la juxtaposition d'un terrain à risque et de circonstances environnementales qui vont précipiter son apparition. Dans la troisième partie, nous aborderons les stratégies parentales et les compétences à encourager chez votre ado, y compris les stratégies d'adaptation face à l'adversité, qui vont agir comme des facteurs de protection vis-à-vis de ces pathologies mentales.

Références et bibliographie de cette partie :

Articles scientifiques

Daniel F. Becker, Carlos M. Grilo, William S. Edell et Thomas H. McGlashan, « Diagnostic efficiency of borderline personality disorder criteria in hospitalized adolescents : Comparison with hospitalized adults », *American Journal of Psychiatry*, vol. 159, n° 12, décembre 2022.

Ian Colman, « Associations Between Adolescent Depression and Self-Harm Behaviors and Screen Media Use in a Nationally Representative Time-Diary Study », *Canadian Medical Association Journal*, 2018.

Richard Delorme, Anthony Cousien et Solen Kernéis, « Temporal Trends in Suicide Attempts Among Children in the Decade Before and During the COVID-19 Pandemic in Paris, France », *JAMA Network Open*, 2021.

P. M. Lewinsohn, D. N. Klein et J. R. Seeley, « Bipolar disorder during adolescence and young adulthood in a community sample », *Bipolar Disorders*, vol. 2, n° 3, 2000.

Ann S. Masten, « Global Perspectives on Resilience in Children and Youth », *Child Development*, vol. 85, n° 1, 2014.

Mary K. Nixon, Paula Cloutier et S. Mikael Jansson, « Nonsuicidal self-harm in youth : A population-based survey », *Canadian Medical Association Journal*, vol. 178, n° 3, 2008.

Susan Jean Strife, « Children's Environmental Concerns : Expressing Ecophobia », *Journal of Environmental Education*, vol. 43, n° 1, 2012.

Livre

Jean-Victor Blanc, *Pop et psy*, Plon, 2019.

Partie 3

Quelles stratégies parentales à l'adolescence ?

Accompagner un enfant dans les différentes étapes de son développement n'est pas chose aisée et, à l'adolescence, de nombreuses questions sont partagées par presque tous les parents. Nous avons répondu à certaines d'entre elles dans la partie 1, par exemple: « Mais pourquoi est-il si souvent de mauvaise humeur ? » « Les sautes d'humeur, c'est les hormones ? » ou encore : « L'adolescence, c'est juste un mauvais moment à passer, non ? »

Nous avons souligné combien les changements cérébraux avaient des implications en termes d'éducation et de parentalité. **Dans cette partie, nous allons nous demander concrètement comment la façon dont nous communiquons avec nos adolescents et leurs expériences ont une influence sur leur trajectoire; mais aussi que faire, en pratique, face aux défis qui nous attendent et aux questions qui en résultent :**

- « Comment peuvent-ils être autonomes alors que leur cerveau est supposé immature ? »
- « Comment les protéger des drogues, des relations sexuelles à risque… »
- « Je ne reconnais plus mon enfant… au secours ! »
- « Il passe tout son temps libre avec ses copains, et j'ai peur qu'il fasse des bêtises en soirée… »
- « Qu'est-ce que j'aurais dû faire différemment pour que mon adolescent ne me rejette pas ? Est-ce que je ne suis pas assez cool ou, au contraire, est-ce que je l'ai trop gâté ? »
- « Mon avis ne compte plus… »

L'idée est de **vous donner des clés** pour accompagner votre enfant devenu adolescent afin qu'il se sente compris, accepté pour ce qu'il est, ancré et qu'il fasse preuve d'un optimisme constructif face à l'avenir. À l'adolescence, votre rôle de parent change, et la relation avec votre enfant mûrit elle aussi. Il n'y a bien sûr pas une seule manière de faire : la parentalité est un processus fait d'ajustements successifs et d'expériences de ce qui fonctionne pour vous-même et pour votre enfant. Cela dit, certains grands principes sont très utiles pour guider votre quotidien et vous accompagner dans le défi bien réel de trouver le juste équilibre entre autonomie, exploration et apprentissage, du côté de votre adolescent, et de votre côté suffisamment de proximité pour offrir une protection ajustée.

Misez sur la relation et communiquez différemment

En matière de parentalité à l'adolescence, votre arme secrète est avant tout de renforcer ou de rétablir la relation avec votre enfant. Le fait que vous soyez « connecté » à votre ado sans chercher à le contrôler mais en étant présent, à l'écoute et empathique lui permet d'explorer à la fois qui il est et son environnement en se sachant accompagné (pas forcément physiquement mais émotionnellement) et en étant convaincu que, quoi qu'il arrive, il pourra rentrer à la maison où il sera accepté et entouré avec respect et bienveillance. Cela lui permet aussi d'**intérioriser votre présence de façon à développer la capacité de se débrouiller par lui-même grâce à ce que vous lui avez transmis**. Au moment de faire des choix, il pensera à vous positivement, non pas comme quelqu'un qu'il faut craindre ou éviter de décevoir, mais comme quelqu'un qui transmet des valeurs qui comptent pour lui. Enfin, cela l'encourage à venir vous voir lorsqu'il a des questions, ou à vous écouter lorsque vous souhaitez avoir une conversation sur un sujet important ou qui vous tient à cœur.

Les expériences sont différentes de celles de la toute petite enfance, mais le paradigme reste le même : votre enfant s'éloignait pour aller jouer sur l'aire de jeux et revenait vers vous quand il n'était pas sûr de quelque chose, était insécure[1] et/ou avait besoin de réassurance, rechargeait ses batteries auprès de vous et repartait en exploration. L'expérience n'a plus lieu au parc à quelques mètres de vous, mais votre ado a toujours besoin de pouvoir revenir vers vous, de se recharger (la « recharge » ne prendra peut-être pas tout à fait la même forme) et de repartir.

Ainsi, la façon dont nous construisons et entretenons le lien reste importante tout au long du développement du tout-petit, de l'enfant puis l'adolescent. Ce qui change n'est pas le besoin de connexion et d'attachement, mais la façon dont ce lien s'entretient, se renforce et perdure. S'adapter aux besoins changeants et à l'autonomie croissante peut ne pas être simple, mais il reste absolument nécessaire de répondre aux besoins de disponibilité, de chaleur et de voir ces besoins comblés par des parents « ajustés ». Maintenir une proximité émotionnelle avec ses parents n'est pas contradictoire avec le fait de passer moins de temps avec eux, de faire ses propres expériences et de forger son identité. Devenir autonome n'est pas synonyme de s'isoler ou de se déconnecter d'une relation, ou encore de ne plus en avoir besoin. C'est apprendre à se débrouiller par soi-même et à faire ses propres choix, dans le cadre sécurisant d'un entourage aimant et soutenant, d'une relation sécure[2] qui agit comme un filet de sécurité en cas de coup dur. C'est, entre autres, **l'intériorisation de cette relation (qui change) qui permet cette autonomisation**. Entretenir une relation de bonne qualité nécessite de prendre le temps de comprendre qui

1. Terme issu de la psychologie, en particulier de la théorie de l'attachement, qui signifie « qui ressent une insécurité interne ».
2. Qui apporte une sécurité interne.

est son adolescent : pas seulement son comportement, mais aussi son monde intérieur, son mode de fonctionnement, les pensées et les espoirs qui l'animent, sa personnalité, ses goûts, ses manières de faire... Un attachement sécure, le fait de se sentir vu, entendu et compris, d'être rassuré et réconforté en cas de besoin et d'expérimenter régulièrement des interactions positives avec un adulte de confiance, tout cela renforce les capacités d'autorégulation et la possibilité de se rassurer seul lorsque l'on grandit.

Gardez en tête deux points importants (et rassurants) : **il n'est jamais trop tard pour réparer une relation qui est devenue compliquée, pour faire des ajustements et il n'est humainement pas possible d'être dans une relation positive 100 % du temps.** Pour certains experts, **les parents sont environ 30 % du temps dans une relation « idéale »** (de disponibilité, de présence, d'ajustement en termes de réaction et de réponse), et cela suffit pour que l'enfant grandisse positivement. Il est en revanche important de réparer la relation en vous excusant chaque fois que vous êtes dans un moment relationnel particulièrement difficile ; par exemple, si vous avez crié après votre adolescent pour un énième oubli.

En résumé, **une relation positive et sécurisante favorise la régulation émotionnelle, aide à construire une motivation personnelle saine et encourage la confiance en soi, et donc la prise de risques sains et mesurés**. Par ailleurs, lorsque votre adolescent se sent proche de vous et que vos avis sur les valeurs, l'éthique sont nuancés, il ne perçoit plus ces avis comme des leçons, mais comme des perspectives intéressantes pour guider ses choix, ses décisions et ses actions.

Que faire, concrètement, pour favoriser une relation de bonne qualité avec mon adolescent ?

- **Passez du temps de qualité ensemble** : il s'agit bien moins de savoir exactement quoi lui dire dans telle ou telle situation que de vous concentrer sur comment il se sent lorsque vous êtes ensemble et de favoriser les moments en tête à tête avec lui, même très courts. Comme il gagne en indépendance et se rend parfois de l'école à diverses activités extrascolaires et/ou avec ses amis sans passer par la case maison, vous avez moins d'occasions de passer du temps ensemble. Il devient si indépendant que des journées entières peuvent s'écouler sans aucun moment partagé. Cherchez quel est votre « langage affectif » commun – celui que vous avez construit depuis la petite enfance (le toucher ? Faire une activité ensemble ? Parler ensemble d'une chose que vous avez apprise ?) – et/ou quel est « votre truc » ensemble (une habitude, un rituel, une activité, un moment, un sport…). Cela peut être un trajet à pied ou en voiture de quelques minutes ! Lors de ces moments partagés, écoutez (voir ci-dessous), parlez de tout et de rien, soyez disponible. Évitez de contredire ou de le juger, même si vous n'êtes pas d'accord. **Les adolescents construisent leur personnalité et leur identité à travers des échanges où ils peuvent exprimer leurs points de vue, exercer leurs capacités à argumenter, à convaincre.** Ils peuvent être maladroits et extrêmes car c'est un processus, pas un état définitif. Ne mettez pas votre ado immédiatement ou toujours face à ses inexactitudes, à ses positions extrêmes ou à ses maladresses. Répondez calmement et restez curieux, ouvert, dans le non-jugement si possible. L'idée n'est pas de chercher à corriger ce qu'il dit, mais d'être à l'écoute de sa pensée qui émerge et tâtonne parfois. Certains adolescents sont plus à l'aise pour parler lorsqu'il n'y a pas de contact oculaire direct (lorsqu'ils sont assis à côté de leur parent). Si possible, mettez votre téléphone de côté, à la fois pour être pleinement disponible, pour montrer l'exemple (modeler[3]) et pour être attentif au langage non verbal de votre ado, qui peut être très informatif. Selon son tempérament, essayez de suivre son sujet de conversation plutôt que d'en proposer un. Un adolescent peu bavard spontanément sera cependant plus à l'aise si vous commencez par raconter votre journée ou une anecdote.

Pour certaines familles, trouver un intérêt commun à ce stade de développement ou faire ensemble une activité que l'adolescent apprécie est très enrichissant (apprendre une nouvelle compétence, collaborer sur un projet…). Dans tous les cas, **partager ses expériences, se réjouir ensemble, improviser des moments inattendus comme servir un petit-déjeuner ou un dîner, mettre de la musique à fond et danser ou veiller ensemble pour regarder un film ou une série sont de bons moyens de maintenir une relation agréable avec son ado**. Essayez de vous intéresser à ce qui l'intéresse. Maintenez les rituels familiaux qui sont importants pour vous, les habitudes du quotidien qui rythment votre vie de famille. Même s'il soupire et rechigne, ces temps ont une valeur dans votre famille et l'aident à prendre conscience qu'il fait partie d'une histoire plus large que lui-même. Faites attention aux moments où vous êtes tenté de lui mettre la pression (pour qu'il réussisse quelque chose ou se comporte de telle ou telle manière) et voyez si, avec empathie et validation, vous pouvez l'encourager à s'appuyer sur sa motivation interne pour faire la même chose, même imparfaitement.

- **Gardez une connexion physique, n'arrêtez pas les démonstrations d'affection:** faire des câlins, passer la main dans le dos, ébouriffer les cheveux, taper dans la main… Montrez votre affection d'une

3. Terme de psychologie cognitive et comportementale, et plus précisément la traduction du terme anglais *modeling*; c'est une stratégie éducative et cela signifie montrer l'exemple, mais de manière intentionnelle.

manière qui soit agréable pour vous et votre adolescent. Les petites attentions du quotidien sont pour certains particulièrement appréciées (apporter un verre d'eau pendant les devoirs, laisser des post-it encourageants ou remplis de petits mots affectueux sur leur bureau…). L'idée n'est pas de l'embarrasser ou d'être intrusif, mais de trouver votre manière à tous les deux de remplir son réservoir d'affection.

- **Faites attention à lui :** établir le contact visuel régulièrement, lui donner votre attention pleine et entière sans téléphone ni tablette, lui sourire, lui faire un clin d'œil, lever votre pouce en signe d'appréciation, juste le regarder être sans rien dire ou faire en montrant votre plaisir de le voir évoluer… Il y a de multiples manières de lui transmettre qu'il est important et que vous lui prêtez attention, non pas pour l'évaluer ou le juger, mais juste parce que vous l'appréciez et êtes heureux de sa présence. Montrez que vous remarquez s'il fait quelque chose de bien, qui vous fait plaisir, pas seulement s'il fait une erreur, oublie quelque chose ou ne respecte pas une règle.

- **Restez connecté sans contrôler :** c'est un équilibre subtil qui peut être difficile à trouver, en particulier parce que les adolescents ont toujours besoin de règles claires, de limites fermes et bienveillantes, et de connaître nos attentes à leur égard. La façon dont vous communiquez ces règles et ces attentes est donc très importante (voir ci-dessous), ainsi que la façon dont vous en tirez les conséquences et appliquez les sanctions lorsque c'est nécessaire. Pour trouver cet équilibre, gardez en tête que rester disponible pour votre ado, lui transmettre les valeurs familiales dans vos paroles et dans vos actes est très important, et qu'il y a d'autres manières de le protéger que de contrôler tous ses faits et gestes. À l'inverse, vous ne pouvez pas être son « meilleur ami » et le garder en sécurité. On pense souvent aux aspects relationnels négatifs qui peuvent apparaître entre enfants et parents à l'adolescence, mais un autre cas de figure se présente parfois, celui d'avoir le sentiment (et le plaisir) de devenir « ami » avec son enfant, avec qui on peut avoir des conversations, à qui on peut demander son avis, etc. S'il est très agréable et gratifiant de se sentir proche (c'est bien le but des différentes stratégies de ce livre !), **votre rôle en tant que parent reste néanmoins de savoir maintenir une structure, des règles et des attentes**. Les changements développementaux propres à cette période sous-tendent des changements comportementaux, émotionnels, cognitifs ; pour que votre enfant grandisse en apprenant à utiliser ses nouvelles compétences avec sagesse, il a besoin de guidance qui passe par ces règles et ces attentes. À vous d'ajuster à votre façon un style parental fait de chaleur, de confiance et de limites définies et appliquées avec respect et empathie.

- **Écoutez plus que vous ne parlez, encouragez les discussions ouvertes et essayez, dans la mesure du possible, d'être une présence « non anxieuse » et « non réactive ».** Écouter sans réagir, sans juger ni préparer sa réponse et sans avoir envie de donner son avis ou une solution est souvent bien plus difficile qu'il n'y paraît, en particulier si votre adolescent est triste, en difficulté, ou si ses paroles déclenchent en vous un scénario catastrophe ou fait écho à un préjugé négatif que vous avez sur les adolescents, et surtout si vous êtes convaincu que vous savez exactement quoi faire ou ce qu'il va se passer… Mais écouter activement en cherchant à comprendre l'expérience intérieure de votre ado, sans entrer tout de suite dans le mode « recherche de solutions » ou « réparation », est particulièrement important pour qu'il développe ses propres capacités de régulation émotionnelle, de résolution de problèmes.

Cela implique de **savoir repérer, identifier et se débarrasser** à la fois **de ses scénarios catastrophes** (« Si mon adolescent ne sait pas faire cela aujourd'hui, il ne sera jamais autonome » **et de ses « déclencheurs**[4] »

4. Aussi connus sous le nom de *triggers*.

(ce qui vous fait réagir particulièrement vivement, que ce soit du fait de votre histoire, de vos valeurs ou de votre personnalité), et également parfois de changer de perspective sur l'adolescence (voir partie 1). Nous l'avons déjà dit, les relations et la communication sont influencées par nos croyances sur ce qui est en train de se passer et notre lecture des événements (nos *mindsets*[5]). Bien souvent, nous voyons ce que nous pensons que nous allons voir (un adolescent qui fait de mauvais choix, qui est immature, qui n'accorde plus d'importance à ses parents…). Ainsi, le modèle que nous avons en tête de ce qui est le plus probable se transforme en attente et a parfois un impact négatif sur notre vision des événements et nos réactions. Les *mindsets* se transmettent alors par les mots et là où nous plaçons l'exigence de ce que nous pensons possible. Parfois, nos expressions faciales, le ton de notre voix révèlent de la déception de la désapprobation. En prendre conscience et revisiter la lecture des événements en mettant de côté nos préjugés et notre bagage personnel prend du temps, mais s'avère très utile pour adopter un regard neuf et bienveillant.

Enfin, il est important d'**apprendre à ne pas prendre les choses personnellement** : tout comme les changements corporels, bien visibles de l'extérieur, sont normaux, les changements émotionnels, cognitifs et relationnels le sont aussi. Ils marquent une évolution vers une identité adulte, pas une conséquence de qui vous êtes ou de ce que vous faites en tant que parent, ni un état définitif. Évaluez si vos attentes sont réalistes en considérant à la fois qui est votre enfant et ce que suppose ce stade de développement en termes de besoins et de comportement. Adoptez un « état d'esprit de croissance », ou *growth mindset* (voir page 107), vis-à-vis des changements en cours pour les voir comme une phase transitoire.

5. Nos états d'esprit.

- **Souvenez-vous que les adolescents sont naturellement « auto-absorbés » (ils peuvent même paraître égocentrés par moments) et que le processus de construction identitaire prend du temps et est évolutif.** Soyez patient, ne jugez pas et n'enfermez pas trop vite votre ado dans des cases. Attachez-vous à soutenir son cheminement en évitant de déclencher des doutes. Communiquez votre acceptation (c'est-à-dire à la fois votre soutien et votre confiance en sa capacité à trouver qui il est et sa place) en adoptant un langage inclusif et ouvert, et gardez en tête que cette **génération évolue dans un contexte social différent de celui dans lequel** vous avez vous-même grandi. Durant cette phase développementale, l'intérêt et la capacité à réfléchir sur soi-même s'accroissent, tout comme la faculté d'utiliser des concepts abstraits pour se décrire, par exemple : « Je suis introverti. » Le monde intérieur des sentiments, des pensées et de la personnalité capte une grande partie de l'attention des adolescents. Mettre du sens et des mots sur qui ils sont, sur leurs expériences et leur histoire prend du temps. La construction de l'identité est complexe, soumise à de nombreuses influences, réactive aux messages positifs et négatifs de l'environnement et sujette à des explorations et à des essais/erreurs. Par ailleurs, les adolescents ne savent pas forcément que ce cheminement, ces explorations et ces doutes sont normaux. La sensation d'être isolé, de ne pas être comme les autres, d'être le seul à penser ceci ou cela ou à être submergé par telle ou telle émotion ou pulsion, ou encore la peur d'être rejeté, le désir d'être accepté avant tout, le sentiment que quelque chose manque ou que l'on a moins que les autres sont autant d'éléments qui colorent le quotidien et l'humeur. Normaliser ces manifestations de « puberté émotionnelle » et les remettre dans le contexte de cette phase de changements globaux est également important pour les rassurer : « Tout comme ton corps change, tes émotions changent aussi, et c'est normal. »

Votre rôle consiste à soutenir votre ado dans ses capacités à se connecter à ses besoins, à ses ressentis, à s'écouter et à prendre soin de lui-même : trouver comment il peut s'exprimer, s'habiller, se présenter aux autres de manière à se sentir bien, se sentir en accord avec lui-même, confiant et à l'aise.

Rappelez-vous qu'il est dans une phase de changements et d'incertitudes qui le rend vulnérable et sensible aux retours qu'il peut avoir. Si possible, ne réagissez pas de manière excessive à un nouveau style : il « essaie » de nouvelles identités.

- **Adaptez votre communication à ce stade de développement.** Il est important de communiquer d'une manière qui favorise pour votre adolescent un sens de contrôle et le respect de son autonomie. Pour cela : écoutez plus que vous ne parlez, pratiquez l'écoute réflexive, ce qui peut l'aider à penser plus clairement et à faire le tri dans ses idées (répétez ou reformulez ce que vous venez d'entendre ou avez compris et demandez confirmation que vous avez bien compris). N'hésitez pas à recourir à l'humour, qui peut éviter l'escalade en miroir de certaines réactions vives, et dédramatisez une situation qui est en train de devenir tendue. Abstenez-vous de crier car cela active les centres émotionnels du cerveau (la peur) et empêche de penser.

Évitez les luttes de pouvoir : **vous n'avez pas besoin de forcément répondre tout de suite si vous n'êtes pas sûr d'employer les mots et le ton qui transmettront votre intention**. Les adolescents sont capables de discuter à froid d'une situation et d'en retirer quelque chose d'important. Faites preuve de compassion et n'hésitez pas à aider votre ado à se sortir d'une situation où il creuse son propre trou, que ce soit un mensonge ou une discussion où il défend maladroitement une cause qui lui tient à cœur, plutôt que de le mettre en position défensive pour lui montrer tout ce qu'il a encore à apprendre. Vous pouvez vous montrer généreux et lui accorder le bénéfice du doute lorsqu'il fait un mauvais choix.

Réfléchissez à la façon de formuler vos demandes, vos règles et vos attentes avec respect et d'une manière qui soit audible par votre adolescent, en gardant en tête qu'il existe à cet âge une résistance naturelle à faire ce qu'on leur dit de faire… Les adolescents ont après tout un besoin fondamental de respect et de statut (voir partie 1). Ils peuvent percevoir les tentatives de leurs parents de les forcer à faire quelque chose comme irrespectueuses et menaçantes. Ils prennent facilement la mouche et sont susceptibles. Il est plus efficace de faire passer vos messages et vos demandes à travers des échanges centrés sur la résolution de problèmes (« Il y a ça qui doit être fait, comment penses-tu que tu peux t'y prendre, quel est ton plan ? ») que de donner une instruction sous la forme d'un ordre (« Fais ceci comme ça »). De manière générale, adressez-vous à lui d'une façon qui honore son intelligence et ses compétences, même naissantes. Ainsi, essayez de faire passer un message qui prenne en compte à la fois ses émotions, ses sentiments, son vécu (« OK, je comprends, je vois que c'est important ») et vos doutes (« Voilà ce qui m'inquiète/me fait hésiter/me fait dire non »), et voyez si vous pouvez vous entendre sur un compromis. Encouragez la résolution de problèmes, la recherche de solutions, la pensée réflexive[6] et critique. Faites attention également à l'intention derrière le message : Ned Johnson remarque que *« de nombreuses questions ont l'air d'accusations avec un point d'interrogation à la fin*[7] »… Par exemple, « As-tu rangé ta chambre/fait tes devoirs ? » est rarement une question purement informative pour les parents, mais signifie

6. L'idée de réfléchir sur soi-même.
7. William Stixrud et Ned Johnson, *The Self-driven Child. The Science and Sense of Giving Your Kids More Control Over Their Lives*, Penguin, 2019.

plutôt : « Tu dois ranger ta chambre/faire tes devoirs, pourquoi ce n'est pas encore fait et quand vas-tu le faire ? » Vous pouvez dans ce cas-là préférer : « Quel est ton plan pour t'organiser aujourd'hui ? As-tu besoin d'aide pour réfléchir à ce qu'il te reste à faire ? » Cela dit, le simple fait d'offrir de l'aide aux adolescents peut être perçu par eux comme une critique ou une insinuation que l'adulte pense qu'ils ne sont pas capables de réussir par eux-mêmes... La sensibilité à cet âge-là doit être utilisée avec précaution pour ne pas endommager l'estime de soi et la confiance en soi. Ce n'est pas simple, d'où l'importance d'être intentionnel sur le fond et la forme de votre message, c'est-à-dire d'être honnête sur votre intention : est-ce un rappel ? Un conseil ? Une simple question de curiosité ? Notez que, pour certains adolescents, communiquer par texto ou par lettre/journal peut les aider à s'exprimer plus librement, sans se sentir jugés ou évalués. De manière générale, ils sont sensibles au ton de la voix et aux expressions du visage. Essayez de rester neutre autant que faire se peut pour ne pas laisser penser à votre ado que vous le jugez.

Lorsqu'au contraire vous souhaitez l'encourager et le féliciter, soyez spécifique et montrez que vous faites attention à lui, que vous appréciez ses efforts et que vous le soutenez dans ses explorations, mais que l'enjeu n'est pas de vous plaire ou de faire ce que vous voulez, mais plutôt qu'il trouve ses propres objectifs et s'appuie sur ses motivations internes.

Enfin, on pense souvent qu'il suffit de dire une fois aux adolescents ce qu'ils ont à faire ou comment réaliser une tâche donnée, mais tout comme avec un enfant plus jeune, **il est souvent nécessaire de répéter, de montrer à nouveau**, et ils testent naturellement les limites.

Dans tous les cas, essayez dans la mesure du possible d'éviter le sarcasme[8] et le recours à la honte, de brandir une menace sans l'appliquer (« Si tu ne poses pas immédiatement ce téléphone, je te le confisque pour la semaine »), de généraliser à outrance (« Tu n'aides jamais », « Tu n'écoutes jamais ») ou de céder à une requête répétée pour avoir la paix.

En effet, quand vous avez recours à ces modes de communication à cause de l'épuisement, du stress, du ras-le-bol (en d'autres termes, parce que vous êtes humain), cela risque de saper l'estime de soi et la confiance de votre adolescent et de diminuer les chances que vous soyez écouté la prochaine fois. Pensez donc à débriefer *a posteriori*, à vous excuser, à revenir sur vos intentions, sur les règles de la maison et si nécessaire sur vos besoins, en exprimant clairement vos attentes et vos limites. Plutôt que « Tu n'es plus jamais là le week-end, tu passes tout ton temps avec tes copains », préférez : « J'aimerais passer un peu de temps avec toi un de ces jours, qu'est-ce que tu en penses ? Tu préférerais une balade ou aller au café ? »

De fait, vous connaissez votre adolescent et son timing (à quel moment de la journée, en quelles circonstances il est le plus disponible, à l'écoute), sa façon d'exprimer ou de ne pas exprimer ce qu'il ressent, d'être en contact avec ses émotions et ses pensées. Partez toujours de là, c'est-à-dire de qui est la personne en face de vous.

- **Continuez de recourir à la « corégulation » chaque fois que c'est nécessaire :** lorsque le niveau émotionnel de votre adolescent est très élevé (colère, excitation, peur…), dites-vous que vous êtes encore dans la corégulation comme lors des colères de votre petit enfant. On peut visualiser cette activation du cerveau émotionnel comme

8. Le sarcasme appartient à la catégorie des comportements passifs-agressifs. Il peut être difficile à saisir pour les ados, qui risquent d'être encouragés à l'utiliser maladroitement, et avoir un impact négatif sur l'estime de soi.

un bol d'émotions qui n'est plus protégé par le cerveau pensant au-dessus et prend toute l'énergie disponible – vous êtes le couvercle, la couverture qui vient protéger, non pas étouffer, mais contenir. **Vous laissez l'émotion se déployer sans ajouter de l'huile sur le feu**, sans alimenter le drame. Aussi souvent que c'est nécessaire, laissez votre ado utiliser votre calme pour s'apaiser, pour se rassurer. Les études montrent que nous utilisons le cerveau des personnes qui nous entourent comme ressource pour réduire notre niveau de stress: si nous sommes à proximité d'une personne qui est sereine et calme, nous le devenons à notre tour.

- **Sachez vous excuser:** après une dispute, des cris, une punition impulsive démesurée, une discussion où les mots ont dépassé votre pensée, c'est très important. D'abord parce que cela répare la relation et permet de passer à autre chose, mais aussi parce que cela modèle pour votre adolescent une qualité relationnelle précieuse, cela lui montre comment prendre soin de ses liens présents et à venir, qu'ils soient amicaux, amoureux ou professionnels. Il n'est pas possible d'être un parent parfait 100 % du temps, et quelles que soient vos intentions, il vous arrivera de vous mettre en colère, d'être agacé, maladroit. Certains experts soulignent d'ailleurs à quel point c'est une bonne chose! **Cela apprend aux enfants qu'il n'y a pas de relation parfaite et qu'une relation nécessite des efforts et implique de savoir reconnaître ce que l'on peut changer et améliorer**. Savoir s'excuser est valable pour un événement ponctuel (comme une dispute[9]), mais aussi pour des stratégies que vous avez utilisées sur le moyen et le long terme et dont vous vous apercevez qu'elles ne sont finalement pas adaptées (interdire purement et simplement une

9. À noter que certains parents s'interrogent sur la façon de s'excuser tout en faisant comprendre à l'adolescent que s'ils ont «pété un plomb», c'est *parce qu'il* les a poussés à bout. Une réponse à cela est que vous devez bien souvent donner plus de crédit à votre ado que vous ne seriez tenté de le faire de prime abord. Soyez assuré qu'il est bien conscient quand il dépasse les bornes et qu'il fait l'association sans même que vous ayez besoin de verbaliser et de rendre explicite que c'est son comportement qui a abouti au fait que vous ayez perdu patience…

activité, par exemple, puis comprendre que votre adolescent pourrait y participer sous certaines conditions). Dans ce cas, vous pouvez donner une explication brève des raisons pour lesquelles vous avez agi comme cela (« Je pensais important de t'éviter à tout prix de faire des erreurs ; j'ai compris qu'en faisant cela... et donc maintenant je voudrais essayer autre chose... »). De même que nous vous encourageons à ne pas espérer la perfection, mais à savoir reconnaître vos torts, n'attendez pas de votre adolescent la perfection et **facilitez-lui la tâche lorsque c'est à son tour de s'excuser**. C'est aussi une compétence qui requiert de la pratique et des encouragements. Rappelez-lui que vous l'aimez inconditionnellement, même lorsque vous vous inquiétez ou êtes en colère.

- **Chaussez vos « lunettes d'adolescent » lorsque vous êtes face à un comportement que vous ne comprenez pas, qui vous met en difficulté ou qui vous paraît inadmissible.** Dans ce contexte, avant de réagir vivement[10] ou, lorsque cela n'a pas été possible, à froid, en y repensant, essayez de vous demander : « Qu'est-ce qui, dans ce que je sais du développement normal et naturel à l'adolescence, peut expliquer ce que je vois ? » et « Puis-je changer l'environnement d'une manière ou d'une autre pour favoriser une résolution positive de la difficulté actuelle ? » L'idée est de comprendre ce qui relève du comportement typique des adolescents et fait partie de leur développement. Par exemple, quand un ado décide de faire du vélo sans casque avec ses copains sur un chemin de terre en allant à toute vitesse, cela peut être vu comme une prise de risque qui va dans le sens des recherches de sensations, des comportements exploratoires et de la tendance à prendre plus de risques, agissements soustendus par des déterminants biologiques et cérébraux très forts à

10. De manière générale, face aux comportements de votre adolescent, faire une pause avant de répondre ou d'agir peut être très utile, et cela peut même être une pause d'une demi-journée ou d'une nuit, que vous explicitez : « Je ne suis pas sûr de savoir quoi te répondre ni d'utiliser les mots qui expriment correctement ce que je pense important, alors je vais prendre le temps de réfléchir et je reviendrai vers toi. »

l'adolescence. Cela dit, c'est un comportement dangereux et donc inacceptable. Il s'agit alors de trouver des exutoires ou des façons d'exercer cette prise de risque de façon encadrée : « Je vois que tu aimes les sensations que te donne la vitesse. Pourrait-on réfléchir à une activité qui donne aussi ce genre de sensations, mais où tu n'es pas en danger comme lorsque tu fais du vélo sans casque ? » Cette nouvelle activité comprendra aussi probablement un certain niveau de risques, mais ils seront plus mesurés et encadrés par des garde-fous.

Comprendre un événement comme découlant des changements de motivations et de priorités qui se produisent à l'adolescence peut ainsi atténuer l'impact émotionnel d'un comportement difficile à accepter par un parent. Cela peut donner du sens à une conduite qui vous déconcerte et vous aider à réfléchir à la manière la plus efficace d'y faire face. Cependant, ne confondez pas comprendre et excuser, ou laisser couler : par exemple, le fait de réagir vivement à l'une de vos demandes peut être compris comme une recherche d'autonomie suscitant une intensité émotionnelle importante, comme c'est souvent le cas à l'adolescence ; mais répondre par des mots injurieux, insensibles, méchants, blessants n'est pas acceptable pour autant. Dans ce cas, vous pouvez valider l'émotion : « Je vois que tu es sous le coup d'une émotion très forte et toutes les émotions sont acceptables, mais tous les mots ne le sont pas. » Notons qu'il n'est pas toujours possible ni opportun de pointer cela au cours de l'échange si le niveau émotionnel est très élevé, mais qu'on peut toujours le verbaliser après, quand tout le monde s'est calmé. Ce que l'on sait du développement cérébral à l'adolescence n'est pas une excuse pour les « mauvais comportements » comme être irrespectueux, mais cela vous informe sur les besoins de votre enfant. Dans les paramètres qui sont éventuellement modifiables pour favoriser une disparition du comportement difficile, il n'y a d'ailleurs pas que ces besoins développementaux : la fatigue, le découragement, le sentiment de ne pas contrôler ce qui arrive et le stress peuvent aussi participer. Enfin, souvenez-vous que votre adolescent est différent selon le contexte et considérez donc toujours le contexte (en particulier la présence des pairs et d'un adulte référent) pour déterminer le niveau de risques et éclairer son comportement.

- **Gardez en tête l'importance de montrer l'exemple (modeler) :** on connaît tous l'adage « Faites ce que je dis, pas ce que je fais », or ce que l'on fait a un impact crucial sur leurs comportements et les valeurs qu'on leur transmet, volontairement ou involontairement... Modeler un comportement que vous souhaitez voir votre adolescent adopter est particulièrement efficace à cet âge-là, tout comme ne plus présenter un comportement que vous souhaitez voir disparaître chez lui. Cela va de la façon de vous adresser aux autres, de répondre aux demandes d'aide des autres membres de la famille, à la manière de prendre soin de vous lorsque vous avez un coup de mou, de gérer le stress, les conflits, de parler de votre image corporelle, en passant par la transmission de valeurs implicites et de croyances. Vous pouvez trouver compliqué de devoir prêter attention à ce que vous faites et dites en présence de votre adolescent, mais **c'est aussi un formidable outil pour lui transmettre vos valeurs sans lui imposer ni lui dire quoi faire**. En dehors de vous, votre adolescent est bien sûr exposé à de multiples autres mentors et modèles qui vont l'inspirer, qu'il va imiter, qui vont colorer son identité en construction. Mais vous restez important ! Dans le même ordre d'idées, soyez proactif dans ce que vous affichez en termes de langage et de réaction dans l'acceptation de votre enfant : les adolescents sont vulnérables et sensibles au sentiment de ne pas être comme les autres ou comme leurs parents voudraient qu'ils soient. Ils ne savent pas encore clairement qui ils sont, mais leur identité de genre, leur orientation sexuelle, leurs capacités physiques, leurs compétences scolaires et leur orientation professionnelle peuvent ne pas être celles que vous attendiez *a priori*. Dans la mesure du possible, **ne présumez donc pas, dans vos questions ou projections sur l'avenir, de ce qui se passe chez votre adolescent** : utilisez, par exemple, un langage inclusif pour parler des éventuels *crushs* ou histoires d'amour.

À l'inverse, certains concepts peuvent gagner à être explicités, comme celui de **bonheur**, car si l'on s'en tient à ce que les adolescents voient (en particulier dans le marketing) et si l'on n'adopte pas une vision inclusive d'une vie « réussie », être heureux peut ressembler à un ensemble de cases à cocher. Les adolescents sont exposés à des messages qui assimilent le statut, l'argent, la popularité, l'apparence et les possessions au bonheur, alors que, ces dernières années, c'est une formule du bonheur bien différente que la science a démontrée… Certains critères extérieurs de succès ne dépendent pas entièrement de nous, relèvent de la chance ou du contexte et peuvent représenter une vision limitée de ce que signifie réussir sa vie (en lien avec le salaire ou la position au sein d'une entreprise, par exemple, ou avec certaines formes de confort ou certains modèles familiaux vers lesquels on devrait tendre). Avoir une vision limitée de ce qui rend heureux et de ce qui fera que votre adolescent le sera en tant qu'adulte peut avoir un coût non négligeable en termes d'attentes et d'insatisfaction (le bonheur n'implique en soi ni le succès ni le prestige) en lui laissant entendre que le bonheur est pour plus tard, quand il aura réussi telle ou telle chose dans sa vie. **Or il est important de l'autoriser** à être un adolescent heureux **et il existe de nombreux chemins possibles pour une vie heureuse !** Selon les données scientifiques récentes, le bonheur dépendrait à 50 % de notre héritage génétique, c'est-à-dire de notre propension innée à être optimistes, à 40 % des activités intentionnelles dans lesquelles nous nous engageons (et sur lesquelles nous avons donc un certain degré de contrôle, voir ci-dessous) et à 10 % des circonstances et des événements de vie, sur lesquels nous avons bien souvent assez peu de contrôle (ce qui nous arrive, ce que nous possédons…), sachant que l'impact des événements a tendance à se stabiliser dans le temps[11].

Les activités et les pratiques intentionnelles qui participent au bonheur seraient :

- cultiver nos relations et faire preuve de gentillesse ;
- trouver du sens à nos actions et s'engager dans des actions qui ont du sens ;
- cultiver un sentiment d'accomplissement dans ce que nous entreprenons ;
- entretenir notre capacité à ressentir des émotions positives et à les favoriser (comme s'entraîner à ressentir de la gratitude, de la compassion, noter les moments joyeux du quotidien…) ;
- s'engager dans des activités dans lesquelles nous ressentons un état de plaisir ou de bonheur (un état de *flow*[12]).

Gardez cependant en tête que votre rôle de parent n'est pas de « rendre » votre adolescent heureux : cela est hors de votre champ de contrôle. Ce que vous pouvez faire, en revanche, c'est créer les conditions et l'environnement lui permettant de cultiver les activités intentionnelles qui contribuent au bonheur.

Enfin, nous avons dit plus haut que se borner à dire à un adolescent quoi faire ou quoi penser n'était pas très efficace… En tant que parent, vous ne pouvez pas le forcer à se soucier des autres, à persévérer dans ses efforts, à être reconnaissant pour les opportunités qu'il a, ou à prendre soin de lui avec autocompassion quand il se sent triste et fatigué. Mais si votre ado se sent proche de vous et que vous

11. Voir l'étude sur les gagnants du loto dans William Stixrud et Ned Johnson, *What Do You Say ? How to Talk with Kids to Build Motivation, Stress Tolerance, and a Happy Home*, chapitre « The pursuit of Happiness », Viking, 2021.
12. Terme issu de la psychologie positive et de la science de l'apprentissage et de la motivation ; il désigne un état mental caractérisé par une forte concentration et une forte motivation.

valorisez ces choses-là, il est probable qu'en fin de compte lui aussi les valorisera. **Vous pouvez encourager votre adolescent à réfléchir à ses valeurs, à comment il aimerait agir et contribuer** : « Qu'est-ce qui compte pour toi ? Quel impact aimerais-tu avoir ? Qu'est-ce qui est important pour toi ? Je vois que cela t'intéresse, serais-tu d'accord pour me parler de ce qui te plaît dans cette activité[13] ? » Notez que ce qu'il fait ou ce qui compte pour lui n'a pas besoin d'avoir un sens ou un impact pour tout le monde ! Il suffit que cela soit important pour quelques individus (sa famille, ses ami·es, des animaux, sa communauté...).

Vous pouvez l'aider à définir et à comprendre les valeurs qui l'animent en parlant de vos propres valeurs, de votre compas moral, de ce qui compte pour vous : ce qui vous pousse à agir intentionnellement de telle ou telle manière, par exemple lorsque vous êtes face à un choix. Là aussi, en plus du *modeling*, n'hésitez pas à rendre explicite la manière dont vous envisagez les conséquences de vos actions au quotidien.

- **En résumé, devenez un parent « consultant » :** synonymes de parentalité positive ou démocratique, ces façons d'être parent ont déjà été abordées dans nos ouvrages de la collection « L'enfance en questions[14] ». Elles découlent d'une même philosophie : les adolescents ont besoin de limites pour se sentir et être en sécurité, mais nous devons les traiter avec respect et élaborer des règles et des limites en collaboration, grâce à des stratégies de résolution de problèmes et de conséquences naturelles. Accompagner un adolescent, c'est peu à peu ne plus être derrière le volant pour être aux commandes de sa vie. En même temps, si l'on garde la métaphore de la voiture, s'asseoir

13. L'entretien motivationnel peut servir d'appui – cette valeur est « importante pour moi/très importante pour moi/pas importante pour moi » (les cartes sur les valeurs personnelles de Miller peuvent être utilisées comme support pour discuter des différentes valeurs ; elles sont téléchargeables à l'adresse : https://motivationalinterviewing.org/sites/default/files/valuescardsort_0.pdf).
14. *Il est peut-être hyperactif ?* (2021), *À haut potentiel, précoce* (2021) et *Déjouer le stress à l'école* (2021).

directement sur la banquette arrière est trop loin… Les adolescents ont besoin d'être guidés, mais aussi de développer leur indépendance. Ce n'est pas l'un ou l'autre, mais les deux en même temps, d'où l'équilibre difficile à trouver, comme dans l'image du port d'attache et de la rampe de lancement que nous avons évoquée dans la partie 1.

Favorisez un environnement sécure, ouvert et soutenant

Au-delà des aspects relationnels avec votre adolescent, le climat familial joue un rôle crucial dans son développement : cherchez à créer une ambiance sécurisante, sereine, inclusive, un lieu où il peut faire des erreurs sans être jugé, où il peut poser des questions et avoir des conversations sur des sujets compliqués, un environnement qui invite le cerveau pensant à être en charge.

Que faire en pratique ?

- **Pour favoriser un climat familial serein et sécurisant, apprenez à être une présence « non anxieuse », à ne pas être réactif, à ne pas être dépassé par les imprévus et les contretemps, à adopter une attitude proactive face aux difficultés du quotidien.** C'est bien sûr plus facile à dire qu'à faire, et là encore, l'idée n'est pas d'atteindre la perfection ni d'être calme et philosophe en permanence… Mais plutôt d'avoir cette intention et que ce soit la boussole qui guide vos actions au quotidien dans la mesure du possible. Apprendre à être présent avec bienveillance, curiosité et ouverture, à accueillir les hauts et les bas du quotidien sans en être trop affecté n'est pas facile, mais cela aide votre adolescent à s'autoréguler, à se sentir en sécurité et à voir la maison comme un lieu où s'ancrer et se recharger. Concrètement, réserver un repas en famille par jour au cours duquel on évite de revenir sur ce qui s'est mal passé et de rappeler tout ce qu'il faut faire peut être un changement en ce sens qui apporte de la sérénité à tout le monde.

- **Encouragez un climat d'apprentissage positif** (apprentissage au sens large, qu'il s'agisse des savoirs scolaires ou des compétences de la vie quotidienne). Cela passe là encore par la présence bienveillante (être explicite dans vos attentes, montrer comment faire, partager ce que vous savez faire, encourager, aider si nécessaire), mais aussi par le fait de pousser à essayer et à réessayer de nouvelles choses sans mettre la pression, en normalisant les contretemps, les erreurs et les éventuels échecs, en valorisant les efforts plus que les résultats, en reconnaissant que la plupart des apprentissages prennent du temps et en réévaluant les attentes que vous avez en tant que parent. Insister sur le fait qu'il est normal et parfois nécessaire de demander de l'aide, de poser des questions, d'être curieux est important pour inciter votre adolescent à venir vous trouver chaque fois qu'il en a besoin.

Nous l'avons dit plus haut, l'adolescence est un âge où le potentiel d'apprentissage est énorme, et en même temps, c'est aussi un âge où vous pouvez, en tant que parent, avoir le sentiment de faire face à un jeune démotivé en permanence, fatigué, qui ne s'intéresse à rien. Pourtant, les études les plus récentes sur les changements qui surviennent d'un point de vue cognitif à l'adolescence et sur l'efficacité des différentes méthodes d'apprentissage vont dans le sens d'un style d'apprentissage spécifique à cette période et d'un renouvellement des techniques de transmission des savoirs et des savoir-faire qui sont efficaces avec les adolescents. Il est essentiel de lier le potentiel d'apprentissage à ces deux spécificités pour que l'apprentissage soit optimal à cet âge. C'est une idée que nous avons touchée du doigt lorsque nous avons abordé la façon de communiquer efficacement avec les adolescents. Ils ont besoin d'être reconnus, acceptés par leurs pairs, d'être autonomes et de s'autodéterminer, de trouver comment faire par eux-mêmes; par ailleurs, découvrir un sens à ce qu'ils font est un facteur protecteur en termes de santé mentale, en particulier vis-à-vis des effets néfastes du stress, de l'anxiété et de la dépression (voir partie 2).

Il existe une vulnérabilité intrinsèque liée à la situation d'apprentissage des adolescents : s'ils apprennent, par définition, c'est qu'ils ne connaissent pas encore les réponses, et c'est une position vulnérable. Ils peuvent avoir peur de l'échec dans les tâches d'apprentissage, et lorsque les enjeux à la réussite scolaire sont élevés, les facteurs socio-émotionnels risquent d'interférer avec la disponibilité pour apprendre.

Comment faire pour motiver mon adolescent à travailler/apprendre ?

- **Surfez sur ses motivations, intérêts, attracteurs naturels et favorisez l'agentivité et le sentiment d'efficacité personnelle sans vous focaliser outre mesure sur les résultats.** Les trois besoins clés de la motivation sont, selon William Stixrud et Ned Johnson[15], l'autodétermination (être libre de déterminer ce qui nous intéresse et ce qui nous procure un sentiment d'accomplissement), la compétence (savoir comment s'y prendre pour apprendre, ce qui suppose aussi d'avoir l'occasion de pratiquer et de s'entraîner) et l'appartenance à un groupe. La motivation intrinsèque (ressentie par l'adolescent lui-même) est un moteur plus efficace à cet âge que la motivation extrinsèque (travailler pour faire plaisir à ses parents). Lorsque vous êtes tenté de traiter votre

15. William Stixrud et Ned Johnson, *The Self-Driven Child*, *op. cit.*

adolescent de paresseux, souvenez-vous que travailler dur est différent pour chacun et que l'énoncé « Tu dois faire plus d'efforts » peut être démoralisant et n'est d'ailleurs pas assez spécifique pour être utile. Les mêmes efforts n'aboutissent pas toujours aux mêmes résultats.

- **Gardez en tête les limites de formules comme « En travaillant dur, en se donnant les moyens, on peut tout réussir ».** Nous sommes certes pour les discours inspirants et motivants et nous connaissons les effets positifs du *growth mindset*, de la niaque, des échecs vus comme des opportunités de croissance. Mais nous trouvons aussi important de rappeler que les circonstances extérieures, des différences d'opportunité, des fonctionnements structurels et institutionnels bien réels, qui ne définissent pas qui est votre adolescent, ont un impact sur le résultat des efforts. Le fait de travailler dur n'est pas le « grand égaliseur » que vous pourriez être tenté d'espérer... Et en tant qu'adulte, vous pouvez avoir tendance à romanticiser le dur labeur, alors que c'est une notion subjective et que les injustices systémiques et sociales existent bel et bien. Il est donc sans doute plus juste, si c'est une valeur qui compte pour vous, de transmettre et de développer une éthique de travail, mais sans la lier à tout prix à des résultats attendus. De même, **l'agentivité**, qui désigne, selon le psychologue américain Albert Bandura, la « *capacité des individus à être des agents actifs de leur propre vie* », c'est-à-dire à exercer un contrôle et une régulation sur leurs actes, est un concept qui peut être dévoyé si on en retire l'idée que « tout est possible, il suffit d'avoir de la volonté, et si ça ne marche pas, c'est que vous n'avez pas assez essayé ». **L'agentivité signifie avant tout la possibilité de choisir comment réagir face à une situation** (que l'on peut ne pas avoir choisie) et la capacité à faire des choix pour soi, en fonction de ses intérêts, valeurs, objectifs, intuitions, etc. Avoir un sentiment de très faible agentivité est corrélé à des niveaux de stress importants, en particulier parce que cela laisse démuni face aux événements auxquels on est confronté. Les adolescents ont besoin d'avoir un sens de contrôle sur ce qui leur arrive[16], mais « contrôle » ne veut pas dire être maître de ce qui vous arrive et pouvoir décider de ce qui vous arrive. Cette notion rejoint le concept psychologique de sentiment d'efficacité personnelle (également décrit par Bandura) : **un sentiment d'efficacité personnelle élevé est un trait de personnalité caractérisé par la croyance en sa compétence personnelle et sa capacité à gérer le stress**. Il a été prouvé qu'il s'agit d'un facteur de protection de la santé mentale, en particulier en ce qui concerne la dépression. Les sentiments d'efficacité personnelle et d'agentivité sont renforcés chez les adolescents lorsqu'ils bénéficient d'un degré suffisant d'autonomie par le biais, entre autres, de responsabilités adaptées à leur âge et à leurs compétences et par le fait d'être encouragés à faire des choix pour eux-mêmes.

- **Pratiquez le transfert de compétences.** Vous pouvez avoir recours à ce que l'on appelle le *flow*, l'engagement, la persévérance heureuse dans certaines activités : « Quelles activités te rendent heureux ou au cours desquelles tu ne vois pas le temps passer ? » Encouragez votre adolescent à noter quelles compétences il utilise dans ces activités et à les utiliser pour des apprentissages plus scolaires.
- **Favorisez un environnement propice aux apprentissages :** c'est-à-dire un environnement sûr et soutenant qui promeut un *growth mindset* et tient compte du fait qu'il est normal de faire des erreurs et que tout apprentissage passe par la répétition. Soyez attentif à des manifestations de « mauvais » perfectionnisme[17] chez votre adolescent, à des signes de découragement, de perte de sens, d'épuisement (burn-out). Valorisez les progrès, plus que les résultats, en étant précis sur les compétences mises en œuvre. Il ne s'agit pas de transformer le *growth mindset* en une injonction à toujours avoir une attitude positive et battante, mais plutôt d'inviter votre adolescent à

16. Voir Alexandre Hubert et Anne Bargiacchi, *Déjouer le stress à l'école*, coll. « L'enfance en question », Nathan, 2021.
17. *Ibid.*

considérer en quoi son positionnement face à l'apprentissage qui l'attend influence à la fois l'engagement dans le processus et le résultat potentiel. Cela n'empêche pas de faire preuve d'empathie devant l'ampleur de certaines tâches et le côté rébarbatif de certaines autres. Ainsi, plutôt que de dire : « Tu ne vas jamais réussir avec cette attitude défaitiste » ou : « Quand on veut, on peut », commencez par : « C'est un travail énorme de réviser. Je comprends que ça soit démoralisant et paraisse insurmontable. Je suis là si tu as besoin d'aide. On pourra prendre un peu de temps pour se détendre ensemble plus tard, si ça te fait plaisir. »

- **Encouragez votre adolescent à définir « sa » méthode de travail :** en termes de méthodologie, ne partez pas forcément du principe que ce qui marche pour vous marche pour lui, même si vous êtes désireux de partager votre expérience et votre guidance, que vous avez peut-être acquises après de nombreux essais et erreurs que vous aimeriez éviter à votre enfant. Par exemple, certains travaillent mieux dans le brouhaha, d'autres dans le calme de leur chambre. Quelques limites à ce côté personnalisé des besoins : si votre adolescent vous dit qu'il étudie mieux avec son téléphone à côté de lui et qu'il est multitâche, cette habileté n'existe pas ! Quand on a l'impression de réussir à faire plusieurs choses à la fois, en réalité on « switche » très rapidement d'une tâche à l'autre, et cela nuit à la concentration et à l'efficience. S'il vous assure qu'il apprend mieux dans son lit, à un âge où le décalage de phase est présent de manière développementale, cela peut entraver son sommeil. Privilégiez le lit comme lieu de repos, la nuit. Enfin, tous les adolescents tirent bénéfice de la mise en place de routines (rituel avant de commencer à travailler, mettre le téléphone portable hors de la vue, bouger avant de commencer à travailler, bouger à intervalles réguliers…).
- **Considérez les facteurs environnementaux qui peuvent être en jeu** (recherche de statut auprès des pairs, anxiété liée à une situation compliquée avec un camarade, manque de sommeil…).

- **Faites confiance au temps, mais acceptez l'incertitude et l'absence de contrôle sur l'avenir.** Pensez aussi que souvent vous plantez des graines dont vous ne voyez pas forcément le résultat tout de suite, que ce soit en termes d'éthique de travail ou de volonté de s'orienter dans telle ou telle branche professionnelle. Comptez sur des mentors et des modèles inspirants autres que vous.
- **Aidez votre adolescent à changer son rapport au stress et sa représentation de ses effets.** Le stress fait partie de la vie de chaque adolescent. Encouragez-le à adopter une vision plus équilibrée du stress et à y voir des avantages quand il ne dépasse pas un certain degré. Redéfinir le stress comme une énergie utile qui favorise la performance grâce à un niveau d'éveil et de concentration optimal est une manière de réduire ses effets négatifs. La façon dont un adolescent perçoit le stress détermine fortement la réponse de son cerveau. Ainsi, examinez bien quand et comment vous utilisez ce terme et quel état d'esprit vous renforcez à ce propos. Si vous exprimez l'idée que le stress est épuisant, fait perdre ses moyens ou est toujours négatif, vous risquez de favoriser la même vision chez votre adolescent, qui se mettra à le craindre, à être anxieux à l'idée d'être stressé ; si au contraire vous défendez l'idée que le stress peut améliorer les performances, il sera plus à même de percevoir cette dimension et de l'utiliser à bon escient. **Invitez-le à prêter attention aux signaux de stress dans son corps et à noter comment il les lit : faites-les lui voir comme une forme d'énergie utile.** Cela dit, trop de stress est dommageable, tout comme le stress chronique. Nous vous encourageons à lire notre ouvrage sur le sujet[18].

18. Alexandre Hubert et Anne Bargiacchi, *Déjouer le stress à l'école*, *op. cit.*

Que faire face à des difficultés d'apprentissage ?

- **Travaillez avec l'équipe enseignante** du collège ou du lycée.
- **Éliminez si nécessaire un trouble spécifique des apprentissages**[19].
- **Pensez aux facteurs environnementaux :** sommeil, petit-déjeuner, facteurs socio-émotionnels liés aux apprentissages (stress lié à de mauvaises relations avec les camarades, sentiment d'insécurité à la maison ou à l'école... On ne peut apprendre que lorsque des besoins plus primaires, de sécurité, d'appartenance, sont comblés).
- **Assurez-vous que le niveau des tâches d'apprentissage est correct :** non seulement pas trop élevé (voir l'importance de définir un objectif réaliste et atteignable), mais aussi suffisant pour motiver un adolescent à apprendre, afin qu'il ne s'ennuie pas, qu'il soit mis au défi dans la « bonne zone ». Cela rejoint les notions de zone de développement proximal, de zone de confort et de zone de croissance[20]. Dans le même temps, vérifiez que le fait de sortir de sa zone de confort soit accompagné d'un environnement soutenant, dans lequel les erreurs sont vues comme normales et où il est acceptable de ne pas comprendre tout de suite et d'avoir besoin de temps pour réussir. Il est plus utile de communiquer sa confiance en la possibilité de progresser que de définir des attentes rigides en termes de résultats.
- **Expliquez ce qui se passe au niveau cérébral :** certains adolescents apprécient de savoir comment de nouveaux circuits cérébraux

---

19. *Ibid.*

20. La zone de développement proximal est une notion de Lev Vygotsky. Il est important d'« amener » une personne dans la bonne zone pour permettre de nouveaux apprentissages. Cela se produit lorsque la tâche semble difficile mais à peu près réalisable avec des efforts et le soutien éventuel des autres. Tom Senninger (2015) a utilisé les idées de Vygotsky et décrit trois zones différentes :
– la zone de confort : l'adolescent se sent en sécurité mais n'est pas « challengé » et n'apprend donc pas (si une tâche est peu exigeante, le jeune va se désengager, manquer de motivation). Remarquons que cela signifie aussi que le temps passé sur une révision ne détermine en rien l'utilité de cette révision, car si le temps est passé entièrement à revoir quelque chose de connu et non le niveau d'engagement, le niveau d'apprentissage sera minimal ;
– la zone d'apprentissage : l'adolescent fait des efforts pour progresser et apprend de nouvelles choses, le cerveau pensant est engagé ;
– la zone de panique : la tâche est trop difficile au regard de la « ligne de départ » et l'apprentissage est bloqué (si une tâche est trop dure, le cerveau émotionnel dominera).

se créent et s'entretiennent lorsqu'ils apprennent quelque chose – ils peuvent ainsi faire le parallèle avec un muscle qu'on entraîne quand on acquiert une nouvelle compétence. Cela les aide aussi à comprendre la nécessité de persévérer et de répéter les efforts dans le temps.

- **« Surveillez » les messages que vous envoyez involontairement.** Si vous dites en parlant d'un camarade de votre adolescent : « Il est tellement doué pour X, pas étonnant qu'il réussisse », cela lui apprend que, pour réussir, il vaut mieux être doué et, éventuellement, qu'il existe deux catégories de personnes pour chaque matière, celles qui sont bonnes et celles qui ne le sont pas (voire qu'il existe deux catégories d'élèves : les bons et les mauvais). De même, penser ou dire : « Il n'est juste pas créatif/sportif/bon en maths » ou encore : « Je sais que les maths ne sont pas ton fort, tu es bon en art, et c'est OK, il faut de tout pour faire un monde » limite potentiellement ce que votre adolescent va s'autoriser à essayer ou se croire capable de faire. Évitez de lui coller l'étiquette de bon/pas bon dans telle ou telle matière. La recherche nous montre que, même si nous avons des aptitudes de départ différentes, la persévérance dans les activités qui nous intéressent et pour lesquelles nous nous passionnons peut mener à la maîtrise, et même à l'expertise (voir, par exemple, la conférence TED sur la niaque[21]), et que cela compte plus au final que les aptitudes de départ, comme le QI ! Sans tomber dans l'excès (comme dire : « Tout est possible si tu le veux »), dites qu'on peut toujours progresser si on s'accorde du temps.
- **Faites confiance au temps, aux opportunités naturelles d'apprentissage et aux autres modèles que votre adolescent rencontrera** dans son parcours. S'il ne peut pas encore faire quelque chose que vous considérez comme une compétence de base, essayez de ne pas sombrer dans les scénarios catastrophes, apprenez-lui et donnez-lui des occasions de pratiquer et de répéter.

21. Angela Lee Duckworth, « Grit : The power of passion and perseverance », TED Talks Education, 2013.

- **Encouragez le transfert de compétences et appuyez-vous sur les centres d'intérêt de votre ado** (voir aussi page 107).
- **Vérifiez que les attentes sont réalistes :** concentrez vos encouragements sur les efforts et les progrès plutôt que sur les **résultats, et soyez spécifique dans vos retours.**
- **Ayez recours aux stratégies de renforcement positif « intelligemment » :** le cerveau des adolescents est plus sensible aux récompenses qu'à la punition. Mais nous l'avons dit, aucun moteur n'est plus efficace que la motivation interne pour entreprendre et persévérer dans une tâche ; or le renforcement positif est, de fait, un motivateur externe. Vous pouvez donc y avoir recours de manière ciblée, sans compter uniquement sur cette stratégie pour motiver votre adolescent. Vous pouvez l'utiliser de manière explicite (contrat de travail ou de comportement qui conduit à une récompense s'il est respecté ; dans ce cas, définissez avec votre ado pour quel objectif il a besoin d'être motivé) ou de manière plus implicite, en veillant à créer des expériences positives autour des choses que vous voulez voir se produire plus souvent. Par exemple, lorsqu'il finit ses devoirs, proposez une activité agréable, mais aussi quand il vient demander de l'aide ou avouer une erreur ou une bêtise (« Merci de m'avoir fait confiance et de m'avoir dit cela, je suis heureux que tu sois venu me trouver »), avant de discuter des conséquences éventuelles.
- **Adoptez des manières d'enseigner qui utilisent les motivations et le fonctionnement adolescent :** appliquez des stratégies collaboratives qui impliquent les pairs (cela répond au besoin de votre ado de passer du temps avec eux et de tenir compte de leur avis, de trouver des réponses par lui-même, ainsi qu'au besoin d'autonomie par rapport à un enseignement magistral dispensé par un adulte), mettez-le en position d'apprendre lui-même à ses pairs (cela lui confère un certain statut), encouragez-le à faire le lien qu'un apprentissage peut avoir avec ses propres valeurs et/ou l'impact social potentiel d'un apprentissage (importance pour lui de trouver un sens à ce qu'il fait).

- Souvenez-vous de l'importance de **faire des expériences positives dans tous les apprentissages**, quels qu'ils soient. Soulignez donc lorsque votre adolescent apprend quelque chose de nouveau dans un domaine, même si celui-ci vous paraît futile (apprendre à maîtriser un nouveau jeu vidéo, par exemple).
- **Favorisez un environnement qui permet au cerveau pensant d'être en charge** pour réguler les comportements de votre adolescent, ses réactions, et pour apprendre : quel que soit l'âge, le cerveau donne toujours la priorité à la sécurité avant les apprentissages. Pour se sentir en sécurité, les adolescents ont besoin d'un environnement stable, prévisible et soutenant, mais aussi de se sentir respectés et autonomes. Ils ont aussi besoin de ne pas se sentir menacés chaque fois qu'ils font une erreur, qu'ils ratent quelque chose ou qu'ils prennent une « mauvaise » décision (sinon, ils apprennent à éviter ces situations). En tant que parent, il est donc important de reconnaître les difficultés et la réalité des défis que votre ado a à relever, d'être empathique vis-à-vis de ses comportements imparfaits et de le soutenir dans ses explorations, c'est-à-dire à la fois accepter qu'il tâtonne et lui communiquer votre confiance dans l'issue de ces explorations. En pratique, le niveau optimal de sécurité, d'émotions calmes, d'éveil et de motivation aide à recruter le cerveau pensant ; tandis que l'insécurité, la perception d'un danger et l'absence de motivation empêchent de le faire.

Par ailleurs, le fait de garder en tête l'image de vases communicants entre le cerveau pensant et le cerveau émotionnel peut vous guider sur la façon d'agir en tant que parent, selon quelle partie du cerveau de votre ado semble activée :

- **si le cerveau émotionnel est activé** (votre adolescent semble sous le coup d'une émotion forte), ce n'est pas le bon moment pour lui faire la leçon, essayer de discuter rationnellement ou demander pourquoi il a agi comme cela, etc. L'idée est plutôt de vous rapprocher de lui, de mettre des mots sur ce qui se passe pour lui d'un point de vue émotionnel et de lui « prêter votre calme » pour qu'il s'apaise – vous pourrez ensuite rediscuter de ce qui s'est passé à froid ;

- **si le cerveau pensant est activé** (votre adolescent est calme et détendu), vous pouvez discuter rationnellement d'une décision à prendre, d'un enjeu, d'un sujet important, résoudre des problèmes... Nous décrivons page 135 différentes idées de régulation des émotions.
- **Clarifiez vos attentes.** Que ce soit celles que vous avez en tête quand vous comparez ce que fait votre adolescent à ce que vous souhaiteriez qu'il fasse (il devrait travailler plus sérieusement, il devrait savoir préparer le repas) ou celles que vous lui communiquez quand vous lui demandez de faire quelque chose (comporte-toi bien, sois autonome), il est indispensable de faire le point sur le réalisme de ces attentes, compte tenu de qui est votre enfant et de ce qu'un adolescent est supposé faire, et sur la clarté de vos demandes et instructions (« Prépare le repas » gagne à être décomposé en de multiples sous-étapes avant que ce soit une instruction possible à suivre).

En outre, **si nous vous encourageons à ne pas mettre une pression inutile sur votre adolescent, il est aussi important que vous ayez des attentes suffisamment élevées sur ce qu'il est capable d'entreprendre et de réussir, et de ne pas le réduire à des choix et à des comportements immatures**. « Tu as fait un mauvais choix, c'est normal, ton cerveau n'est pas encore terminé » peut être transformé en une phrase encourageante qui honore ses capacités à apprendre et à progresser, à faire mieux la prochaine fois qu'il essaiera : « Tu as fait un choix qui n'a pas conduit à ce que tu espérais, c'est décevant, mais tu peux réessayer différemment et si tu as envie, on peut réfléchir ensemble à ce que tu peux faire autrement, car je sais que tu es capable de faire mieux. C'est difficile, mais tu peux le faire. »

Ce que l'on attend d'un adolescent dépend de ce que l'on considère comme normal à un âge donné ; or chaque adolescent se développe à son rythme. Enfin, sur le plan du comportement, il n'est pas réaliste d'exiger de lui qu'il fasse toujours les bons choix, qu'il se comporte parfaitement et ne fasse jamais d'erreurs.

• **Soyez disponible pour les « grandes » conversations (sur des sujets complexes ou intimes), sachez répondre aux questions que votre adolescent pose et fournissez des ressources appropriées.** Pour certains ados, avant que des échanges riches et nuancés sur des sujets intimes soient possibles, il est nécessaire de commencer par des échanges qui ne soient pas chargés émotionnellement, vécus comme privés, intrusifs, ou source de potentiel jugement. Lorsque ces échanges répétés sont respectueux et chaleureux, qu'ils transmettent un amour inconditionnel, de l'acceptation et du soutien, des échanges plus profonds à propos des valeurs, des objectifs ou des projets futurs, par exemple, sont possibles. Avoir une conversation est par ailleurs différent de faire la leçon. Choisissez le bon moment, tenez compte du tempérament de votre enfant (pudique, expansif...). Abandonnez le script de *la* conversation et multipliez plutôt les échanges ; voyez les idées abordées comme des graines qui sont plantées, parfois depuis la petite enfance, parfois plus récemment, sur le consentement[22] par exemple. Vous pouvez aborder un sujet complexe en disant : « J'ai lu cette idée dans un livre sur l'importance de parler de puberté/sexualité/sécurité en ligne/pornographie/prendre soin de soi... (Les thèmes sont nombreux ! Sur ces sujets, voir page 163). Qu'en penses-tu ? Est-ce que tu te poses des

22. Notons que la notion de consentement peut être abordée bien avant l'adolescence et les discussions autour de la sexualité, car elle englobe l'idée de nos limites personnelles et de ce avec quoi nous nous sentons confortables, de ce qui est acceptable ou non que l'on nous fasse, y compris que l'on nous touche (hors toute idée de sexualité, comme embrasser quelqu'un pour dire bonjour), que l'on nous prenne en photo, ou que l'on nous emprunte quelque chose qui est à nous sans nous demander la permission. Voir les articles de Vendredis intellos : « Comment éduquer nos enfants au consentement ? », « Enseigner le consentement aux enfants : 1 à 5 ans / 6 à 12 ans », « L'éducation au consentement : ressources et supports » (2017).

questions là-dessus parfois ? Est-ce que tu serais d'accord pour que l'on en parle un peu ensemble ? » Saisissez certaines occasions du quotidien, comme une actualité que vous entendez ensemble à la radio, une situation que votre adolescent a observée au collège ou encore une série que vous regardez ensemble, pour lancer des discussions, même brèves.

Dans tous les cas, et en particulier s'il semble peu désireux d'échanger directement avec vous, mettez à disposition des ressources (livres, sites Internet, vidéos, podcasts...) et laissez la porte ouverte pour les consulter ensemble ou en discuter (voir la liste de ressources à la fin de cette partie). À l'entrée dans l'adolescence, nous vous encourageons à aborder les notions suivantes : les mots anatomiquement justes pour les différentes parties du corps, y compris les parties génitales ; le consentement et savoir dire non si une façon d'être touché est inconfortable ; la notion d'intimité, d'espace personnel.

- **Encouragez les habitudes de vie qui jouent un impact positif en termes de santé mentale, physique et émotionnelle.** Dan Siegel, dans son livre *Le Cerveau de votre ado*[23], souligne qu'il existe au moins sept activités quotidiennes fondamentales qui nous permettent de cultiver notre santé mentale, physique et sociale, et qu'il est important de les encourager chez les adolescents :
- dormir ;
- s'engager dans une activité qui nous procure une sensation de *flow* ou concentrer son attention sur une activité ;
- tourner son attention à l'intérieur de soi, pratiquer la réflexion sur soi-même et/ou des activités de méditation en pleine conscience *(mindfulness)* ;
- garder du temps pour se reposer, ne rien faire *(downtime*[24]*)* ;

23. Dan Siegel, *Le Cerveau de votre ado*, Les Arènes, 2018.
24. Temps de pause entre différentes activités.

- pratiquer une activité physique source de joie, avec des mouvements qui procurent un bien-être et du plaisir ;
- garder du temps pour jouer, s'amuser et exprimer sa spontanéité ;
- garder du temps pour se connecter (avec les autres et la nature) et partager (gratitude, générosité, dons).

Ces pratiques sont, pour ce psychiatre et chercheur, l'équivalent pour l'hygiène mentale de ce qu'est se laver les dents et utiliser du fil dentaire pour l'hygiène bucco-dentaire.

- **Instaurez un climat et un cadre qui favorisent un sommeil suffisant et réparateur.** Les adolescents ont besoin de sommeil pour le développement à long terme de leur cerveau, mais aussi tout simplement pour gérer leur quotidien. Un sommeil suffisant et régulier favorise un fonctionnement cognitif optimal, en particulier en termes d'attention, d'apprentissage et de mémorisation (consolidation maximale de ce que l'on apprend dans la journée), il joue un rôle sur la croissance (du corps via l'effet sur la sécrétion d'hormone de croissance, mais aussi du cerveau) et sur la capacité à réguler le stress, le métabolisme et les fonctions immunitaires. Le sommeil a également un impact relationnel (la fatigue liée au manque de sommeil influence notre façon d'entrer en relation avec les autres, notre humeur…) et permet tout simplement de recharger ses batteries. Un mauvais sommeil est préjudiciable à la santé mentale et au bien-être ; un sommeil insuffisant affecte la motivation, réduit notre capacité à concentrer notre attention, nous rend plus irritables et réactifs, détériore notre humeur et peut nous amener à avoir recours à des stimulants comme le café. Des conflits liés au sommeil peuvent voir le jour à cet âge : adolescents s'endormant en classe ou aux repas, ne se concentrant pas, refusant d'aller se coucher ou restant éveillés jusqu'à pas d'heure, se réveillant tardivement le week-end, d'où des répercussions sur la vie familiale. Alors qu'à l'adolescence le rythme circadien (cycle biologique veille/sommeil) change d'un point de vue développemental (entre autres, le cycle de mélatonine des ados est différent de celui des enfants plus jeunes), apparaît ce qui est appelé un « décalage de phase », un endormissement survenant spontanément plus tardivement que chez l'enfant plus jeune. De plus, le contexte, en particulier social, agit sur le sommeil : présence d'écrans dans la chambre (l'exposition à la fameuse lumière bleue, mais aussi les notifications, le *doomscrolling*[25]...), besoin d'échanger avec ses pairs, d'avoir un lien social en fin de journée et/ou après les devoirs, anxiété avec des ruminations nocturnes qui maintiennent éveillé, devoirs à finir et activités extrascolaires parfois tardives, besoin de *downtime* (les ados qui manquent de temps libre sans activité dirigée dans la journée peuvent préférer faire une activité plaisante, ludique, « zoner » plutôt que d'aller se coucher)... Enfin, le fait de décaler drastiquement son heure de réveil le week-end par rapport à la semaine est appelé *social jet lag* et des études soulignent que ce décalage horaire social pourrait avoir un impact délétère sur le développement et le fonctionnement du cerveau plus important encore que celui du manque de sommeil en tant que tel.

Il n'est pas possible d'obliger à dormir ou de faire dormir un adolescent ; en revanche, on peut créer un contexte et un environnement favorable. **Encouragez-le à prêter attention à comment il se sent en fonction de son temps de sommeil.** Définissez un cadre minimal, par exemple l'heure de lever le week-end, en utilisant des techniques de résolution collaborative de problèmes.

Pensez aussi à :

- vérifier que la literie est suffisamment confortable, adapter l'éventuel rituel du coucher à l'âge (il n'a sans doute plus besoin

25. Le « défilement morbide » consiste à passer beaucoup de temps d'écran à lire et à apprendre de mauvaises nouvelles.

d'une histoire, mais prendre un temps pour câliner ou juste être assis quelques minutes ensemble peut être un vrai moment privilégié) ;

- vous assurer qu'il a d'autres moments pour échanger et pour parler de ses inquiétudes si nécessaire avec vous ou un adulte de confiance ;
- définir certaines règles de base, comme « pas d'écrans dans la chambre » (utilisez un bon vieux réveil). Dans tous les cas, arrêt de la lumière bleue au moins trente minutes ou une heure avant le coucher ;
- limiter les excitants le soir ;
- réduire le *social jet lag* en établissant un horaire maximal de lever le week-end ;
- éviter, si possible, qu'il aille se coucher contrarié.

- **Encouragez l'alimentation dite « intuitive », ne commentez pas le poids et les formes du corps, essayez de conserver des repas en famille.** On parle régulièrement du risque d'anorexie mentale à l'adolescence et de la vigilance à avoir de ce côté-là. Mais en pratique, une question qui revient beaucoup chez les parents est celle de la prise de poids et du comportement alimentaire vers le « trop » : « Mon ado grignote/mange plus qu'il ne devrait lors des fêtes/mange en cachette/n'arrive pas à s'arrêter de manger certains aliments… et j'ai peur pour lui car il prend du poids : il pourrait être obèse, on pourrait se moquer de lui, etc. » D'un point de vue développemental, la croissance à l'adolescence est marquée par des modifications corporelles normales, qui se font selon un ordre variable (certains prennent du poids et des formes avant de s'allonger, d'autres grandissent avant d'avoir pris des formes) et sont une transition vers le corps adulte. Si, pour vous, la prise de poids développementale est source d'inquiétude et de réactivité, il est important que vous en preniez conscience pour éviter de faire porter à votre adolescent le poids de vos inquiétudes sur ce sujet (sur l'image corporelle, voir page 123). **Essayez d'abandonner l'idée qu'il existe une bonne manière de manger et que l'idéal est que votre adolescent soit mince.** Tâchez aussi de ne pas vous retrancher derrière une notion finalement assez vague de santé, comme « Je veux juste que tu sois en bonne santé ».

L'alimentation intuitive se fonde sur l'idée que notre corps nous envoie des signaux spécifiques de faim, de satiété, d'appétit qui, si on les écoute, nous conduisent à avoir un poids, qui nous est personnel, de bonne santé. L'alimentation intuitive est différente de l'orthorexie[26] dans le sens où elle n'inclut pas une dimension de contrôle et où le postulat de base est que l'on n'est pas maître de son poids, qui est déterminé de manière multifactorielle, mais en partie par des paramètres génétiques et biologiques hors de notre contrôle. Or, à l'adolescence, et même parfois avant, les jeunes peuvent être très sensibles aux signaux culturels et sociétaux, lesquels ont tendance à attribuer des qualités différentes aux personnes selon leur poids ; ils peuvent penser qu'être mince est mieux que de ne pas l'être et qu'il est possible de choisir de l'être et de le rester avec des efforts et de la volonté. L'insatisfaction corporelle, qui est à l'origine de modifications volontaires de l'alimentation et interfère avec notre capacité à percevoir nos signaux corporels, à leur faire confiance et à les suivre, est particulièrement fréquente à cet âge-là. Compte tenu du contexte social, il est attendu que votre adolescent s'interroge à un moment donné sur son poids et sur ses formes, voire qu'il essaie de modifier son alimentation. Là encore, **créer un climat inclusif, respectueux, sans jugement, qui l'encourage à se soucier de ses signaux corporels de faim, de satiété, de comment il se sent après le repas**, est une stratégie plus ajustée que celle de lui recommander un régime alimentaire rigide et de chercher à contrôler son poids. Modelez un rapport à la nourriture spontané et joyeux si possible, en évitant d'insister sur l'idée de bons et de mauvais aliments, mais en valorisant la diversité (souvenez-vous cependant que l'équilibre

26. Quand la préoccupation de bien manger devient une pathologie.

alimentaire ne se joue pas sur un repas ou une journée, mais plutôt sur une semaine ou deux !). Modelez aussi si possible un rapport positif avec votre corps. Normalisez les changements corporels au cours de la vie. Encouragez votre adolescent à écouter ses besoins et à prendre soin de lui, à faire le tri dans ce qui le conduit parfois à manger (l'ennui, des émotions négatives), ne jugez pas ce qu'il aime manger. Pensez également à l'impact du marketing sur l'alimentation : certaines marques ciblent délibérément les adolescents dans leur packaging, en particulier pour les boissons sucrées et ce qui est considéré comme de la *junk food*[27]. Enfin, l'adolescence peut être le moment où l'on devient plus sensible aux aspects éthiques liés à la nourriture (conditions d'abattage des animaux, par exemple) et aux aspects de justice sociale.

Dans tous les cas, il est recommandé de ne pas faire de commentaires ou de critiques sur le poids ou les formes. Il a été en outre montré dans les études que manger ensemble en famille avait un effet positif sur le rapport à l'alimentation, la santé mentale et le bien-être des adolescents ; essayez donc de conserver quelques repas en famille dans la semaine.

- **Soutenez votre adolescent dans l'apprentissage d'une « bonne » hygiène corporelle et sa capacité de prendre soin de lui-même (le *self care*) :** les adolescents apprennent à prendre soin d'eux-mêmes à travers le sommeil, l'alimentation, l'activité physique et… l'hygiène ! Comme tout apprentissage, l'autonomie en termes d'hygiène corporelle prend du temps, procède par essais et peut être facilitée par le fait d'appliquer des conséquences naturelles à un manque d'hygiène. C'est un sujet sensible, à aborder en évitant de leur faire honte et en se souvenant que, lorsqu'ils le peuvent, les adolescents agissent « bien » ; vient toujours un moment où ils commencent d'ailleurs à faire plus

27. Malbouffe.

attention à leur hygiène. La difficulté peut être purement organisationnelle (vous pouvez proposer de réfléchir à une stratégie qui faciliterait la tâche de votre ado), ou ils peuvent ne pas se rendre compte de l'impact du manque d'hygiène sur les autres, ou même de l'intérêt du savon *versus* se doucher avec de l'eau seule…

Vous pouvez par ailleurs encourager votre ado, là aussi, à prêter attention à comment il se sent, à ce dont il a besoin, sous l'angle de l'importance du *self care* (activités que l'on pratique dans le but de prendre soin de soi, qui sont différentes pour chacun d'entre nous, mais peuvent inclure un temps consacré à soi pour aller marcher dans la nature, lire un livre dans une tenue confortable, recevoir un massage…), qui joue un rôle dans le bien-être et la santé. Enfin, encouragez-le à écouter son besoin de bouger, à repérer les mouvements et les activités physiques qu'il apprécie et qui lui procurent de la joie (voir ci-dessous). Montrez l'exemple et rendez explicites vos propres stratégies, si nécessaire: «Je n'arrive pas à me concentrer aujourd'hui, je pense que j'ai besoin de sortir et de bouger» ou: «Je me sens un peu à court d'énergie, je pense que j'ai besoin de me reposer et d'un câlin.»

- **Encouragez l'exercice physique à bon escient:** non pas la performance en soi ni l'obligation de faire une durée minimale de sport – car il est important de garder en tête que l'activité physique idéale est différente pour tout le monde –, mais comment bouger son corps. En tant que parent, vous vous inquiétez parfois de la supposée fainéantise ou du ramollissement de notre ado: là aussi, il est important de ne pas faire honte, de ne pas chercher à contrôler ni à imposer une manière rigide de faire, mais de souligner que notre corps a besoin de bouger et de l'encourager à s'écouter, à essayer différentes activités. Savoir reconnaître les enjeux sociaux et émotionnels éventuellement présents peut aussi être utile: certains adolescents abandonnent une activité parce que cela leur prend trop de temps, que des enjeux de réussite ou de compétition surviennent, que l'ambiance avec leurs camarades n'est pas agréable ou qu'ils ne s'y sentent pas à leur place.

- **Soyez attentif aux messages que vous envoyez sur le corps, l'image corporelle, la santé et la beauté.** Il est important de connaître la croissance normale du développement, de garder en tête que la prise de poids et la modification de la répartition naturelle des graisses sous l'influence des hormones dites « sexuelles » sont également normales et que la prise de poids peut précéder la poussée de croissance. Le corps d'un adolescent est en construction vers une destination inconnue et personnelle qu'il n'est pas souhaitable de chercher à maîtriser. Attention donc aux messages que vous envoyez en tant que parent et aux tentations de contrôler ! Les inquiétudes des parents peuvent en particulier être fortes face à une prise de poids, bien souvent par crainte de ce que leur adolescent vivra s'il est en surpoids (réactivité liée à la peur du regard des autres) et aussi par association de la prise de poids avec des traits de caractère négatifs (paresse, manque de contrôle ou de volonté). Ces associations d'idées nous ont été transmises par la culture dans laquelle nous évoluons, qui fait rimer minceur avec volonté, parfois minceur avec intelligence. Or il est important de ne pas dissimuler ces idées derrière des messages prétendument de promotion de la bonne santé et d'un corps sain. **L'idée de manger sainement, d'avoir un corps sain peut cacher plus ou moins consciemment un idéal, voire un culte, de la minceur et être sous-tendue par la grossophobie.** Par exemple, corps sain peut en réalité signifier de manière déguisée corps mince, musclé, attractif, discipliné… Mais sain n'est pas synonyme d'attractif ! (« Je m'inquiète de ta santé et je veux que tu fasses des choix sains autour de la nourriture » peut être un message codé pour « Je m'inquiète de ta prise de poids et j'ai peur que tu ne plaises pas à cause de ton poids ou de ton corps ».) Des messages honnêtes de bonne santé doivent être construits sur l'idée que la bonne santé englobe un éventail varié et nuancé de poids, de tailles, de formes corporelles. Les études les plus récentes réévaluent d'ailleurs l'impact du seul poids sur les paramètres de bonne santé (voir par exemple HAES[28]). Pour un adolescent, apprendre progressivement à s'autoréguler en étant à l'écoute de ses signaux de faim, de satiété, de ses envies alimentaires, en ayant un panel suffisamment large de *coping skills* positifs pour que la nourriture ne soit pas l'unique recours est plus important que le fait d'être mince. Apprendre à bouger pour se sentir bien dans son corps est plus utile que de le faire de manière automatique. **Manger de manière rigide et contrôlée n'est pas forcément un signe de bonne santé.**

De plus, à l'adolescence, les enfants commencent à devenir plus conscients de leur image corporelle. À ce moment-là, encourager à l'acceptation de soi suppose aussi de reconnaître les limites du *body positive*. Ce mouvement très important et soutenant est parfois repris sur le mode que l'objectif est d'aimer son corps 100 % du temps… Ce qui n'est possible pour aucun être humain. En revanche, développer une relation de respect avec son corps, fondée sur l'idée que tous les corps sont des bons corps, est possible. Ainsi, sur le plan du poids et de l'image corporelle, votre rôle n'est pas d'encourager votre adolescent à essayer de se conformer à des règles nutritionnelles et d'activité physique rigides, mais de le soutenir dans ses capacités innées à se connecter à ses besoins, à ses ressentis et à trouver ce qui lui fait se sentir bien.

Souvenez-vous que, lorsque l'on répond à un adolescent qui s'inquiète de son image corporelle : « Ne t'inquiète pas, tout va bien, tu es très beau », on oublie son **incertitude de ce à quoi/à qui il va**

---

28. *Health at Every Size* est une approche qui montre que des déterminants de santé autres que le poids (en particulier la qualité des aliments consommées, le niveau d'activité et de forme physique) sont plus importants à prendre en compte que l'IMC seul. Ces études soulignent la complexité des liens entre le poids et les circonstances de vie d'une personne (avoir accès a une nourriture de bonne qualité n'est pas possible pour tout le monde), ainsi que le danger de stigmatiser le surpoids et de focaliser les efforts de prise en charge uniquement sur un objectif de perte de poids, sans tenir compte de l'ensemble de ces paramètres.

ressembler, de ce que sera son apparence dans dix ans, son manque de confiance en soi et sa recherche avant tout de la validation de son entourage et de ses pairs. Dites plutôt : « Le corps change au cours de la puberté pour tout le monde, mais chacun à son rythme et chacun avec un résultat différent. » Si le type de corps de votre ado n'est pas beaucoup représenté dans les médias ou s'il est associé à des stéréotypes négatifs, il est particulièrement important de lui expliquer que son corps n'est pas mauvais ni anormal. Dans tous les cas, vous pouvez essayer (en utilisant vos propres mots) d'adopter un discours comme : « Ce n'est pas vrai que l'on peut contrôler exactement ce à quoi l'on ressemble et/ou qu'il y a une image idéale à laquelle on doit ressembler. Voir des personnes que l'on trouve belles est inspirant, mais la recherche de validation extérieure peut nous enfermer. En revanche, il existe une forme de sagesse en nous à travers les messages que notre corps nous envoie sur ce dont il a besoin en termes d'énergie, de soins, de mouvements, de nourriture. On peut apprendre à l'écouter et on peut essayer de nombreuses activités et recettes pour savoir ce qui nous convient, ce qui peut changer avec le temps. On peut aussi trouver son style rapidement. Si cela prend du temps, on peut essayer de rendre cette exploration ludique et joyeuse. »

Trois recommandations pratiques sur ce point :

- ne commentez pas l'apparence (celle de votre ado, la vôtre et celle des autres en général) ;
- quel que soit son poids, encouragez-le à choisir des vêtements à sa taille (porter des vêtements trop petits est source de sensations inconfortables, comme celle de se sentir « trop gros ») ;
- régulez auprès de la famille élargie les commentaires sur le poids et les formes corporelles, insistez pour que les compliments portent aussi souvent que possible sur d'autres qualités que l'apparence (les commentaires positifs sur l'image corporelle peuvent parfois être tout

aussi nocifs que les commentaires négatifs, car ils soulignent l'importance du physique dans l'opinion et la vision qu'on a de nous).

Enfin, vous pouvez amorcer des discussions critiques sur l'importance de l'apparence dans les médias, le manque d'inclusivité des représentations des différents types de corps et les idées fausses qui sont fréquemment véhiculées sur la possibilité de contrôler son poids et son corps.

- **Sachez reconnaître et respecter les besoins développementaux, les « attracteurs naturels », et profitez de cette période développementale particulièrement propice aux apprentissages (positifs et négatifs)** pour favoriser et encourager l'apprentissage de savoirs, savoir-faire et savoir-être utiles et promouvoir la santé et le bien-être, tout en soutenant les compétences en cours de construction.

Promouvoir un sens de contrôle, d'autonomie, d'agentivité et d'efficacité personnelle (à travers, par exemple, des responsabilités adaptées à l'âge) aide à l'épanouissement des enfants, et *a fortiori* des adolescents, en particulier en ce qui concerne la prévention du « mauvais » stress, mais aussi pour l'apprentissage progressif de l'indépendance. Dans le premier paragraphe de cette partie, nous avons insisté sur l'importance de la forme que prend la communication à cet âge, laquelle doit respecter ce besoin de contrôle et d'autonomie pour que vos messages de parent soient reçus. Dans la partie 1, nous avons évoqué les attracteurs naturels propres à cette période développementale (les pairs et le décodage du monde social, la recherche de sensations et les prises de risque qui en découlent, le besoin de trouver des solutions par soi-même et la remise en question de l'autorité et de l'ordre établi qui en résultent...). En résumé, trouver un sens à ce qu'il fait est un facteur important en termes de bien-être et de santé mentale pour votre adolescent.

Comment gérer le fait que mon adolescent veut de plus en plus sortir et aller à des soirées, prend des risques, réagit vivement à certaines remarques ou façons de faire ou de penser ?

- **Encouragez des responsabilités adaptées à son âge et transmettez-lui de nouvelles compétences de la vie quotidienne.** Cela renforce le sentiment d'efficacité personnelle et les capacités concrètes de votre enfant à être véritablement autonome. Encouragez-le à faire lui-même la plupart des tâches quotidiennes lorsqu'il en a l'âge (mettre le réveil pour se réveiller, préparer ses habits, faire son lit, ranger sa chambre, préparer un en-cas puis un repas). Souvenez-vous que les adolescents apprennent quand ils reçoivent des instructions adaptées, que les attentes sont clairement définies, qu'ils sont encouragés et qu'ils ont l'occasion de s'exercer à travers la répétition suffisante de ces nouvelles compétences. Soyez patient et réaliste. Dites-vous que lorsque votre adolescent demande à avoir le droit de faire plus de choses en dehors de la maison, à avoir plus d'indépendance, il est temps qu'il endosse plus de responsabilités à la maison. Certains experts encouragent cela en particulier dans les moments où un adolescent est spécialement opposant, car cela est parfois un signe qu'il ne se sent pas valorisé, à sa place ou utile à la famille. Il peut être intéressant de considérer certains conflits récurrents ou certaines tensions à la maison comme des moments développementaux où votre enfant a besoin de plus d'autonomie et de responsabilités ; lui en confier de nouvelles dans le cadre de l'aide à la maison a alors du sens.
- **Respectez et valorisez son besoin d'indépendance et d'autonomie :** l'enjeu ici est de lui accorder l'autonomie dont il a besoin pour explorer et apprendre, tout en lui offrant protection et soutien…

Pas facile de définir à quoi ressemble cet équilibre, ni de concilier les besoins de l'adolescent et de la famille au sens large ! Chaque famille est amenée à définir l'équilibre qui lui convient, et parfois différemment pour chaque enfant. Souvenez-vous que le besoin d'indépendance se manifeste en pratique par une tendance à s'isoler (les adolescents passent du temps à l'écart de la famille et ont aussi besoin de se replier sur eux-mêmes et/ou de *cocooner* seuls dans leur chambre) et un besoin d'exploration (ils explorent le monde sans la famille, seuls ou avec leurs amis). Il est fort probable que, dans cette quête d'indépendance, il y aura des faux pas et des erreurs. Tout en ayant des attentes réalistes en tête, il faut donc savoir poser des jalons progressifs qui ont du sens, savoir dire non si nécessaire (voir page 93) et retirer les « petites roues » au bon moment. Le degré d'indépendance peut être augmenté ou réduit en fonction du comportement et de la façon dont votre adolescent gère. Ainsi, devenir indépendant et autonome est un processus graduel.

- **Sachez réagir vis-à-vis des prises de risque :** comment peut-on laisser explorer son adolescent quand on sait tout ce qui peut arriver (consommer d'alcool, de drogue, avoir des relations sexuelles à risque, être harcelé, agressé, avoir un accident de la route...) ? Les comportements de recherche de nouveauté ou de sensations et les prises de risque qui en découlent sont normaux, appropriés, attendus et nécessaires du point de vue développemental. Ils arriveront d'une manière ou d'une autre chez tout adolescent en bonne santé, que vous soyez prêt, d'accord ou non. Ce qui peut être modifié n'est donc pas leur survenue, que vous ne pouvez pas empêcher, mais votre positionnement par rapport à eux. Vous trouvez terrifiant d'avoir le sentiment de ne plus contrôler la sécurité de votre enfant, mais il existe d'autres manières de le protéger que de le contraindre, le contrôler et/ou le pousser à se conformer. Quel que soit l'âge de votre enfant, aucune protection à 100 % n'existe, bien entendu, mais il peut être protégé quand il a une bonne estime de soi, qu'il développe sa capacité à prendre soin de soi, qu'il est conscient de sa valeur, de la différence entre les activités qui le font se sentir bien et celles qui le font se sentir mal ou mettent sa santé en danger, qu'il connaît les liens entre émotions, pensées et comportements, les processus de prise de décision, les conséquences de ses actions à court, moyen et long terme, etc. (Voir page 133 sur les *coping skills*.)

Par ailleurs, certaines stratégies concrètes peuvent aider à réduire les risques[29] :

- **Prenez en compte le contexte pour déterminer le niveau de risque.** Souvenez-vous, les adolescents sont différents selon le contexte. En présence de leurs pairs, en particulier s'il n'y a pas d'adulte référent à proximité, le risque d'adopter un comportement émotionnel et risqué est plus grand. Cela ne signifie pas qu'il faut interdire toute participation à des soirées avec les amis, mais qu'il est nécessaire de prendre un certain nombre de précautions et de garde-fous (voir ci-dessous), sachant que le contexte peut bien souvent être légèrement modifié pour être moins à risque (présence d'un adulte dans la maison, par exemple) et que les adolescents sont plus susceptibles de prendre de mauvaises décisions lorsqu'ils sont confrontés à une situation difficile qu'ils n'ont pas prévue. D'où l'importance d'anticiper les différents scénarios de manière que votre ado soit préparé et donc ne se retrouve pas dans la situation d'avoir à faire un choix ou à trouver une solution dans le feu de l'action sous le regard de ses pairs (voir ci-dessous). La question à vous poser chaque fois que possible est donc : « Faut-il/comment changer le contexte pour atténuer les risques tout en le laissant explorer et s'amuser ? »

29. Plus largement, quel que soit l'âge de votre enfant, aucune précaution ne peut éviter certains accidents, tragédies ou maladies. Dans la plupart des circonstances de la vie quotidienne, il est néanmoins possible et nécessaire de prendre des précautions raisonnables (savoir traverser après avoir vérifié qu'aucune voiture n'arrivait sur un passage piéton, attacher sa ceinture de sécurité, connaître des stratégies pour répondre à un inconnu...).

- **Il est impossible de protéger complètement votre adolescent des situations à risque**, vous devez donc lui parler de sa gestion des risques et de comment les minimiser. Soyez clair sur les règles et vos attentes. La plupart du temps, votre choix ne se réduit pas à dire non et à gérer un ado en colère ou à dire oui et à s'inquiéter de ce qui va se passer. Vous pouvez dire oui et anticiper ce qui peut se passer pour aider votre enfant à se préparer au mieux. Dans la mesure du possible, écoutez quand votre ado vous demande la permission de faire quelque chose, même si votre premier réflexe est de dire non.
- Le plus souvent, il est préférable de ne pas avoir à décider et à élaborer un plan au dernier moment, et cela peut être un prérequis de principe que vous lui expliquez : « Pour que je considère si tu peux faire telle ou telle activité, il faut que tu me préviennes au moins un jour ou deux en avance. »

Pour établir un plan, **définissez d'abord les risques potentiels** (consommer de la drogue, de l'alcool, avoir une relation sexuelle, être ivre, se battre, être victime d'un accident de voiture, être arrêté par la police) et **ce qui fait qu'une situation est risquée** pour votre adolescent (voir ci-dessus : **quel est le contexte ?**). Par exemple, une situation où la pression des pairs s'exerce, ou est supposée le faire, où quelque chose d'inattendu survient, où on perd les autres membres de son groupe ou son téléphone, où on s'ennuie, etc.

Puis **expliquez brièvement et honnêtement vos inquiétudes** : dites à votre adolescent que vous êtes prêt à envisager d'accepter sa demande, mais que certains points vous préoccupent et que **vous voulez vous assurer qu'il reste en sécurité** et qu'il soit préparé. Dites-vous que communiquer sur les situations à risque est plus facile si tout le monde est au clair sur ce que l'on essaie d'éviter !

Proposez-lui des scénarios « et si ? » ou faites des jeux de rôle avec ces scénarios (et si on te propose de boire un verre d'alcool ? Et si au concert tu perds tes copains et tu te retrouves seul ? Et si ton téléphone est déchargé ou que tu ne captes pas ? Et si après le film on te propose d'aller dans une soirée chez quelqu'un que tu ne connais pas ?), puis réfléchissez ensemble à un plan d'action. Discutez des différentes options/réponses possibles et mettez-vous d'accord sur un plan qui convienne à tous deux. Éventuellement, répétez-le ensemble. Il peut être utile d'aller dans les détails de quoi dire précisément plutôt que de vous contenter de « Si on me propose un verre d'alcool, je refuserai et je t'appellerai ». Insistez sur quoi dire *exactement* : quelle excuse pour vous appeler ? Nom de code ? Si la personne insiste ?

N'élaborez pas le plan tout seul (mais vous pouvez préparer les points à aborder et il est recommandé d'avoir en tête les détails pratiques à prendre en compte). Être impliqué permet à l'adolescent d'apprendre le processus (comment on établit un plan), d'être plus engagé et de se tenir plus volontiers au plan. Le but est aussi qu'il puisse, à force d'utiliser ces stratégies, développer ses capacités à reconnaître et à anticiper seul une situation risquée.

Au moment d'établir le plan, prenez un moment pour **définir quelles seront les conséquences pour votre ado** si le plan n'est pas suivi (ne pas être autorisé à aller à la prochaine fête, par exemple) et si le plan est suivi (pensez à une « récompense », à un « privilège » : quelque chose qu'il souhaite vraiment et qui pourrait concurrencer la pression des pairs, comme rester un peu plus tard à la prochaine fête ou avoir ses propres clés pour rentrer du collège). Demandez si possible à votre adolescent de suggérer lui-même des conséquences possibles.

Débriefez *a posteriori* et appliquez les conséquences définies à l'avance. Attention, les conséquences qui n'ont pas été expliquées en amont peuvent provoquer de la rancœur et un sentiment d'injustice. De plus, se mettre d'accord sur une conséquence peut encourager l'adolescent à suivre le plan et lui donner une raison de dire non à ses pairs si nécessaire, en mettant en avant la conséquence à laquelle il s'expose (« Ah non, je ne peux pas boire d'alcool, c'est mon père qui vient me chercher dans trente minutes et il va le sentir si j'ai bu, je n'aurai plus le droit de venir »). Évitez les punitions impulsives et démesurées, sans lien avec la transgression et/ou inapplicables dans le temps (« Tu es privé de téléphone pour un mois »). Dans tous les cas, que le plan ait été entièrement suivi ou non, félicitez votre adolescent de tout ce qu'il aura fait pour assurer sa sécurité. Si nécessaire, sans être condescendant, discutez de ce qui aurait pu être mieux, mais dans ce cas, laissez-le se détendre et rediscutez-en à froid. Montrez-lui toujours que vous êtes heureux de le retrouver et qu'il aille bien, même s'il a fait quelque chose de dangereux ou d'interdit, car cela lui apprend que même s'il n'agit pas parfaitement, ce qui compte pour vous est sa sécurité. Encouragez-le pour ses efforts à bien agir.

- **Favorisez un climat qui encourage votre adolescent à penser à vous au moment de faire un choix et à venir vous demander de l'aide si besoin** (voir page 103). Là aussi, l'équilibre peut être difficile à trouver : avoir confiance tout en s'attendant à ce qu'il y ait forcément des erreurs ; maintenir des attentes élevées en ce qui concerne le comportement de votre adolescent et signifier que vous avez confiance en sa capacité à bien faire tout en lui permettant de venir vous voir sans se sentir jugé et honteux lorsque ce n'est pas le cas… Dans tous les cas, si vous voulez que votre adolescent prenne une décision en pensant à vous (positivement), il est plus probable que cela se produise si vous entretenez avec lui une relation chaleureuse, soutenante et ouverte.

- **Créez des occasions de prendre des risques mesurés et raisonnables et/ou positifs** (comme des risques prosociaux: défendre quelqu'un qui se fait harceler, par exemple, ou soutenir un point de vue ou une cause), d'avoir des expériences marquantes et qui ont du sens sans se mettre en danger. Cela revient à le laisser essayer quelque chose de nouveau (par exemple, auditionner pour un spectacle: même si vous craignez qu'il soit déçu s'il n'est pas pris, encouragez-le, comptez sur sa ténacité et sa persévérance pour ce qui lui tient à cœur, laissez les autres le « rejeter » sans anticiper ce qui peut se passer de négatif). Pour votre adolescent en recherche de sensations, quelle activité encadrée, par exemple sportive, pourrait répondre à ce besoin de manière raisonnable?
- **Encouragez votre adolescent à développer ses *coping skills*.** Une situation de stress entraîne une réaction biologique et physiologique « automatique[30] ». Peuvent s'y associer des actions et des stratégies d'adaptation ou d'ajustement, regroupées sous le nom de *coping skills* (*coping* vient du verbe anglais *to cope with* qui signifie « faire face »). Ce terme recouvre l'ensemble des stratégies qu'un individu peut mettre en place après un événement stressant afin d'en modérer les conséquences potentielles sur son bien-être physique et psychique. En pratique, il existe des *coping skills* positifs ou négatifs: les *coping skills* positifs nous aident à nous sentir mieux sans nuire à notre santé physique, mentale et sociale; les *coping skills* négatifs sont en général efficaces temporairement, mais le problème est qu'à long terme ils ont tendance à nous faire nous sentir plus mal encore ou nuisent à notre santé ou à nos relations (drogues, restriction ou surconsommation alimentaire, être agressif envers les autres ou soi-même...). Gardez en tête qu'il n'est pas toujours facile de développer des *coping skills* sains et positifs et que le recours aux *coping skills* négatifs peut être tentant et automatique, car ils sont en général efficaces rapidement.

30. Voir Alexandre Hubert et Anne Bargiacchi, *Déjouer le stress à l'école*, *op. cit.*

D'où l'importance de parler de ces stratégies avec votre adolescent, de manière préventive si possible. **Vous pouvez lui proposer d'établir une liste de toutes les stratégies positives qui l'aident à se sentir mieux en cas de coup dur.** Soulignez que les stratégies diffèrent selon les situations et les émotions. Parfois, cela est lié au retentissement de l'émotion en question sur le corps : être en colère ou trop excité peut donner envie de pratiquer une activité physique ; être triste peut donner envie de se lover sous une couverture pour se consoler, etc. La première étape pour votre adolescent est de s'entraîner à reconnaître ses émotions et ses pensées, ses réactions automatiques, les manifestations physiologiques et les sensations corporelles associées à ses émotions. Savoir ce que l'on ressent n'est pas toujours simple ! Si vous avez vu le film d'animation *Vice-versa*[31], pensez au tableau de bord du quartier général (représentation imagée du centre des émotions) et rappelez-vous comme la gestion des émotions se complique lorsque l'héroïne Riley devient adolescente : c'est l'âge des sentiments complexes, nuancés, ambivalents ; l'âge où on est courageux *et* inquiet pour un rien, vulnérable *et* désireux de changer le monde, où on commence à voir des choses difficiles *et* tout ce que la vie a à offrir, où on accepte de s'exposer à des situations complexes et tristes *et* à en voir la beauté et en quoi elles font la richesse de l'expérience humaine.

Parmi les *coping skills* que vous pouvez encourager chez votre adolescent, pensez à :

- discuter de **stratégies pour l'apaiser qui peuvent être utilisées très discrètement**, y compris lorsqu'il est en groupe ou en salle de classe : respiration en carré ; allonger l'expiration ; scan corporel rapide ; relaxation spaghetti ; gestes d'autocompassion (croiser les bras pour se toucher les coudes ; mettre son visage dans ses mains ; mettre une main sur le cœur en s'appuyant sur sa table) ; sortir pour aller

31. Pete Docter et Ronnie Del Carmen, *Vice-versa*, Pixar, 2015.

aux toilettes et s'asperger le visage d'eau froide; *fidget toy*, etc. (Voir d'autres idées avec les fiches Clépsy[32]);

- parler de **l'impact de notre petite voix intérieure**: critique ou pom-pom girl personnelle, notre petite voix intérieure colore notre rapport aux expériences et à notre humeur. Montrez comment reformuler positivement certaines pensées difficiles ou limitantes, comment utiliser des mantras ou des affirmations positives;
- l'encourager à **cultiver des états d'esprit positifs**: il est parfois très difficile de faire disparaître des émotions difficiles, des pensées anxieuses, et il peut être utile, plutôt que de chercher à s'en débarrasser, de concentrer ses efforts sur le fait de cultiver des états d'esprit et ressentis positifs, comme la gratitude, la compassion, la générosité, la gentillesse, l'empathie, le sentiment de connexion avec les autres êtres vivants[33]. Dans le même ordre d'idées, il est possible de s'entraîner à l'optimisme! Un adolescent optimiste considère les difficultés comme temporaires et spécifiques (liées à un contexte ou un déclencheur particulier, pas à qui il est ou ce que sa vie est). Au contraire, un adolescent pessimiste aura tendance à les voir comme durables et liées à ses défauts. On peut renforcer son optimisme en se concentrant sur les choses positives qui nous arrivent au cours de la journée (par exemple, lister chaque soir «trois petits bonheurs»), mais aussi sur nos ressentis de gratitude et enfin sur ce que l'on souhaite plutôt que ce que l'on ne souhaite pas. On peut également pratiquer la reformulation positive (pas la positivité toxique, mais le fait de savoir être réaliste et constructif dans son évaluation d'une situation, par exemple). Cette notion rejoint celle de *growth mindset*, déjà abordée pages 90 et 107. Voici quelques exemples d'outils de régulation des émotions qui favorisent la pensée réflexive et le développement personnel: encouragez

32. Par exemple «4 activités pour apprendre la relaxation en famille» ou «Quelques idées pour s'apaiser, un outil pratique à destination des enfants... et des adultes qui les accompagnent!» sur clépsy.fr.
33. Nous recommandons les références suivantes: cours en ligne TedX «The Science of Happiness»; Jack Kornfield, *Bouddha*, Pocket, 2013; William Stixrud et Ned Johnson, *What do You Say?*, *op. cit.*

votre adolescent à développer ses capacités d'introspection, à s'intéresser à son monde intérieur et à son rapport avec ses pensées, à faire le lien entre ces dernières et ses émotions et son humeur, à noter ce qui se passe dans le présent sans ruminer sur le passé ni se projeter excessivement dans le futur;

- lui **apprendre à demander de l'aide** en favorisant un climat ouvert, de non-jugement, bienveillant et respectueux (voir page 103);
- le soutenir dans le renforcement de ses **capacités de résilience**: cette « aptitude d'un individu à se construire et à vivre de manière satisfaisante en dépit de circonstances traumatiques[34] » peut être développée chez les adolescents lorsqu'ils apprennent à gérer le stress et les circonstances difficiles dans un contexte de relations sûres et soutenantes. Être résilient s'apprend et se révise aussi!
- **Accompagnez, « coachez », montrez explicitement les compétences qui sont encore en cours de construction chez votre adolescent. Cela comprend la planification, mais aussi la capacité à prendre du recul, les stratégies de résolution de problèmes, de prise de décision, de gestion des conflits.**

Évitez de dire quoi faire et de donner une stratégie, une opinion ou une solution dès que votre adolescent se trouve face à une difficulté. Encouragez ses capacités de réflexion et de faire des choix pour lui-même. Demandez-lui quel est son plan, s'il souhaite que vous y réfléchissiez ensemble, donnez des indices de solution si besoin, poussez-le à proposer différentes solutions et à réfléchir à leur faisabilité, etc. Valorisez les efforts, encouragez la persévérance, normalisez les erreurs et les échecs. Encouragez-le à réévaluer les stratégies *a posteriori* et à les affiner pour la prochaine fois si nécessaire. Pour la **résolution de problèmes**, vous pouvez commencer par réfléchir ensemble et « co-créer » une solution ou un plan

34. Selon le dictionnaire *Larousse*.

à travers des discussions collaboratives. Cela vous permet, à vous, de bénéficier de sa créativité et à lui de tirer profit de votre expérience, perspective, sagesse. **Peu à peu, il intériorisera les stratégies à adopter et pourra être autonome dans la gestion des difficultés.** L'aider à réfléchir sur le problème et sur la façon dont il y pense (penser à ce que l'on pense, ou métacognition) favorise la pensée réflexive. Encouragez-le aussi à utiliser sa créativité : elle n'est pas seulement utile pour les artistes et les inventeurs ! C'est une qualité et une compétence indispensable à la résolution de problèmes, à l'innovation, quel que soit le domaine d'activité professionnelle. Elle est un moyen d'expression et d'expérimentation de son potentiel, en même temps qu'une source de joie. Elle génère une plus grande flexibilité de la pensée, conduit à envisager de nouvelles idées. Pour certains adolescents, la créativité semble diminuer par rapport à l'enfance. Mais en réalité, il s'agit plutôt d'une relocalisation de la créativité qui s'exprime de manière moins concrète, moins visible et moins tangible. Au lieu de construire une cabane avec des coussins et la table du salon, ils se construisent... eux-mêmes ! Ils sont aussi plus conscients du regard des autres et s'autorisent d'autant moins à se montrer vulnérables en faisant part de leurs idées ou de leurs créations. Encouragez votre ado à continuer à jouer, à embellir sa chambre, faire la cuisine, mettre le couvert, décorer la maison pour une occasion spéciale... Ce sont là autant d'occasions pour lui de s'exprimer.

Faire des choix et assumer leurs conséquences s'apprend également. Dans l'absolu, les adolescents sont tout à fait capables de prendre de bonnes décisions (et ils en prennent d'ailleurs régulièrement, en particulier lorsqu'ils disposent d'informations fiables et que le contexte incite le cerveau pensant à être en charge), mais ils sont « câblés » pour être impulsifs et peuvent avoir besoin d'aide pour ralentir. Bon nombre des erreurs qu'ils commettent sont dues au fait qu'ils ne prennent pas le temps de réfléchir et que, par ailleurs, les choix qui tiennent compte des conséquences à long terme sont plus difficiles à prendre pour eux que ceux qui procurent un plaisir immédiat.

Il est utile de discuter ensemble des différentes façons d'arriver à une prise de décision:

- peser le pour et le contre;
- demander l'avis de différentes personnes de confiance et/ou qui sont passées par là;
- écouter son intuition;
- tirer au sort;
- y réfléchir le lendemain ou se fier à une forme de réflexion « en parallèle », se laisser du temps (liste non exhaustive).

Lorsqu'une décision concerne votre adolescent, faites-lui savoir que son point de vue fait partie du processus de prise de décision. Aidez-le à réfléchir à des scénarios et à leurs conséquences, ainsi qu'à explorer les résultats potentiels de diverses décisions. Communiquez d'une manière qui favorise un sens de contrôle, d'autonomie, d'agentivité (voir pages 42 et 106).

La prise de décision réfléchie est vraiment comme un muscle que l'on entraîne. Différents outils peuvent aider:

- parlez régulièrement, dès le plus jeune âge, des décisions à prendre (celles qui impliquent la famille et celles qui touchent plus personnellement votre enfant);
- écoutez, posez des questions avec curiosité et respect, créez un espace pour la voix de votre adolescent;
- communiquez vos valeurs et montrez-en quoi elles guident vos décisions;

- rendez explicites vos processus de prise de décision et les paramètres que vous avez en tête face à une décision donnée (par exemple, en tant que parent, vous pouvez réagir vivement à une demande de votre adolescent et laisser penser que vous êtes en colère, alors que vos vrais sentiments sont la peur, l'inquiétude, le désir de protection… N'hésitez pas à être clair sur vos émotions avec lui).

Sortir de sa zone de confort, en particulier si votre adolescent est anxieux, risque d'exposer à une augmentation de l'anxiété et du sentiment de vulnérabilité. Cela peut être l'occasion de l'encourager à reformuler : anxiété et excitation ont la même expression physiologique. Se dire que l'on est anxieux ou que l'on est excité peut colorer différemment l'expérience. Est-il possible de repérer l'excitation en plus de l'anxiété lorsqu'il essaye quelque chose de nouveau ? Pour encourager une prise de risque raisonnée chez un ado qui serait trop dans le contrôle, vous pouvez instiller des petits moments de folie et d'impulsivité ; l'inviter à écouter son intuition, ce qu'il se sent poussé à faire ; célébrer les moments impromptus, la spontanéité. Enfin, souvenez-vous que sortir de sa zone de confort et être courageux s'exprime différemment pour chaque adolescent (selon qu'il soit introverti ou extraverti, par exemple).

- **Dites non si nécessaire, mais sans poser de limites arbitraires.** Il est parfois approprié de décliner une demande. Mais nous l'avons dit, prendre de bonnes décisions s'apprend par l'expérience ; décoder et gérer l'environnement et sa dangerosité potentielle, également. Plutôt que d'opposer un non de principe à tout ce qui paraît risqué, prenez le temps de considérer les compétences dont votre adolescent a besoin et comment transformer un « non » en « oui quand » ou « oui si ». En pratique, voyez si vous pouvez proposer une alternative acceptable ou un compromis satisfaisant en réponse à sa demande (« Non je ne suis pas d'accord pour que vous sortiez dîner à la pizzeria tous les deux ce week-end, en revanche tu peux inviter ton ami·e à la maison et faire une soirée film ») et réfléchissez aux conditions nécessaires pour pouvoir dire « oui plus tard » (« Pour que je te donne la permission de passer l'après-midi à faire les boutiques avec ton ami·e, il faut que je sois sûr que tu sauras retrouver ton chemin, gérer ton argent de poche, prendre les transports en commun pour rentrer, te montrer respectueux avec les vendeurs, m'appeler si besoin, demander de l'aide à un vendeur, etc. »). Encouragez votre adolescent à téléphoner pour prendre un rendez-vous, à commander pour lui-même au restaurant, à gérer son emploi du temps et ses devoirs directement avec ses professeurs, sans que vous ayez à jouer les intermédiaires. Assurez-vous que s'il a un téléphone portable, il vous répond dans un délai raisonnable lorsqu'il est chez des amis et vous donne des nouvelles à la fréquence raisonnable que vous aurez définie ensemble. Observez s'il arrive à dire non à un camarade qui lui propose une activité dont il n'a pas envie, s'il sait se sortir d'une situation désagréable ou inconfortable. L'idée n'est pas de définir des limites arbitraires à ce qu'il a le droit de faire ou non, ni de dresser une liste de prérequis si longue qu'elle décourage toute tentative d'indépendance, mais de partager des repères mesurables et concrets sur les compétences nécessaires pour pouvoir exercer telle ou telle activité en toute sécurité. **Il s'agit d'être certain qu'il comprend l'importance de rester en sécurité et de prendre des précautions raisonnables : savoir communiquer avec un adulte (soit le parent à distance, soit un adulte inconnu si besoin), savoir dire non (à un ami, à un adulte), mais aussi savoir faire preuve de savoir-vivre**. De plus, encouragez votre adolescent à s'écouter, c'est-à-dire à se poser la question de se sentir prêt ou non pour telle situation ou activité autonome, indépendamment de ce que font les copains ou de ce qu'il pense qu'ils font.

Prenez soin de vous en tant que parent

Les premières années de vie des enfants sont souvent éprouvantes et épuisantes, à des degrés divers, pour les parents. Si la prise d'autonomie d'un préadolescent peut être source d'inquiétude, elle est aussi parfois source de soulagement et procure un sentiment revigorant de temps à soi retrouvé. Cependant, la présence attentive et bienveillante reste nécessaire, même s'il faut faire confiance, oui, absolument. Votre enfant devenu ado a encore besoin que vous vous accordiez et vous ajustiez à lui et aux messages qu'il vous envoie. Cette présence change de forme, elle ne s'exprime pas de la même manière, et si le temps pour soi qui réapparaît est bien réel, cela ne doit pas gommer le besoin d'attachement. D'où l'importance de prendre soin de soi au cours de cette nouvelle période développementale pour tenir sur la longueur (en matière de parentalité, il est toujours plus utile de **comparer ses stratégies à des courses de fond** plutôt qu'à des sprints). Sauf dans les moments de grand épuisement, vous pensez rarement que votre nouveau-né vous réveille intentionnellement plusieurs fois par nuit pour vous embêter ; mais vous avez tendance à prendre les actions de votre ado beaucoup plus personnellement en oubliant que chacun se développe et gagne en autonomie à son rythme. Certains parents ressentent l'échec plus qu'à n'importe quel autre stade de développement lorsque leur adolescent fait quelque chose de « mal ».

En pratique :

- **Gardez en tête que les adolescents agissent comme ils le font parce qu'ils sont des adolescents « normaux »** (qui testent les limites, passent plus de temps avec leurs pairs qu'avec leur famille et prennent des risques) et non parce que vous avez agi de telle ou telle manière vis-à-vis d'eux et que vous êtes un mauvais parent ou ne savez pas vous y prendre. Par ailleurs, il est normal qu'en tant que parent vous doutiez ou ressentiez de la colère, de la déception.

- **Lâchez du lest sur vos attentes** vis-à-vis de vous-même.
- **Évitez les comparaisons et ne cherchez pas la stratégie parentale parfaite** qui fonctionne à tous les coups. À chacun son rythme, ses besoins, son style ; votre arme secrète est avant tout une relation aimante, chaleureuse, respectueuse et soutenante avec votre ado qui ne ressemble à aucun autre. Souvenez-vous que, dans la plupart des cas, vous êtes un meilleur parent aux yeux de votre enfant que vous ne le pensez.
- **Laissez votre relation avec votre adolescent changer de forme et mûrir**. En même temps que vous adoptez un nouveau style de communication (voir page 83), discutez avec lui de ses préférences, de ses goûts, de comment il se sent. Cela l'encourage à pratiquer l'introspection, à se connaître et à exprimer ses besoins, tout en l'autorisant à évoluer et à changer. Montrez et partagez qui vous êtes en dehors d'être parent ; le fait que vous ayez une vie en dehors de votre statut de parent peut aider votre ado à aller explorer au-delà du cercle familial (cela indique à votre ado que vous n'allez pas vous sentir dépourvu s'il n'est pas là et que vous avez d'autres centres d'intérêt que son éducation, il comprendra ainsi que le monde ne tourne pas autour de lui). Cela permet aussi à votre ado de vous voir comme une figure d'identification, voire un modèle d'inspiration possible (parmi de nombreux autres), et de se construire une identité nuancée et authentique. L'idée n'est pas de chercher à être le parent-copain, ni de partager des choses inappropriées avec votre adolescent, ni de lui faire peur pour l'impressionner ou le manipuler, mais de montrer qui vous êtes et les nuances de votre identité. C'est le moment de parler plus explicitement de vos valeurs, de ce qui vous porte et vous inspire. Vous pouvez partager des faits (sur les risques objectifs de certains comportements, sur des stratégies de bonne santé…), des

souvenirs (sans fournir de détails trop intimes ou inadaptés à l'âge), des stratégies que vous utilisez et trouvez utiles pour prendre des décisions, pour organiser votre emploi du temps. Vous pouvez parler de comment vous vous sentez par rapport à ce qui vous arrive – pas à ce qui lui arrive –, de ce que vous avez fait de votre journée…

- **Assurez-vous que vos besoins personnels sont comblés.** Prenez du temps qualitatif pour vous et apprenez si nécessaire à exprimer ce qui vous plairait : « J'aimerais qu'on puisse passer du temps ensemble ce week-end, qu'est-ce qui te dirait, qu'on aille au café ensemble ou qu'on aille marcher ? » (Voir page 95.)
- **Prenez le temps de vous centrer et de vous calmer, de faire une pause avant de réagir.** Ce peut être à l'aide d'une simple technique de respiration (poser une main sur la poitrine, une main sur le ventre, respirer amplement en faisant durer l'expiration plus longtemps que l'inspiration). Bien souvent, les réactions démesurées face au comportement de votre adolescent sont liées au fait que vous êtes vous-même, en tant qu'adulte, sous le coup de vos émotions, soit parce que son comportement les a déclenchées, soit pour des raisons qui n'ont rien à voir et qui vous ont stressé, augmentant votre rigidité, votre niveau de réaction. Dans le même temps, lorsque vous osez vous montrer vulnérable devant lui et usez de stratégies positives et saines de régulation des émotions, vous montrez que l'on peut être vulnérable sans se mettre en danger quand cela s'inscrit dans le cadre d'une relation saine de respect mutuel, et vous l'autorisez à se montrer vulnérable à son tour, sans en être gêné, et à demander de l'aide si nécessaire.
- **Lorsque vous n'êtes pas seul à élever un adolescent, essayez de former une équipe soudée avec le coparent ou votre partenaire.** Réfléchissez ensemble aux stratégies à adopter, aux limites que vous pensez nécessaires, à ce que vous voulez encourager chez votre adolescent et aux valeurs que vous aimeriez transmettre. Passez la main si besoin sur les sujets de discussion où vous vous sentez moins

à l'aise. Si vous élevez votre adolescent seul, voyez si vous pouvez faire appel à un autre adulte de votre entourage ou de la famille élargie qui pourra être une personne de confiance pour l'enfant lorsqu'il souhaitera s'adresser à quelqu'un qui n'est pas vous.

- **Souvenez-vous que les désaccords ne sont pas des signes de dysfonction.** Intervenez s'il est impoli ou méchant, mais laissez-le être en colère, s'exprimer. Modelez des façons appropriées de donner son point de vue et de dire que l'on pense autrement. Laissez du temps à la discussion et au débat. Soyez curieux de ses idées.
- **Ne vous mettez pas la pression inutilement.** Chaque fois que vous vous dites : « Si je ne fais/ne dis pas quelque chose maintenant, il n'apprendra jamais ceci ou cela », sachez que ce n'est tout simplement pas vrai ! Les adolescents apprennent de différentes façons à partir de nombreuses sources, selon un rythme qui leur est propre. Faites confiance à votre enfant et au temps. Nous connaissons tous un adolescent qui semblait ne vouloir prendre aucune responsabilité à la maison, rechignait *a priori* face à tout effort, et qui s'est avéré particulièrement responsable et investi dans un emploi d'été, durant un stage en entreprise ou lors d'un week-end chez un copain. Soyez convaincu que lorsque vous l'encouragez et lui montrez comment faire, lorsque vous lui donnez des responsabilités appropriées, il apprend, même s'il n'utilise pas ce savoir de manière évidente devant vous. De même, si en lisant ce livre, vous vous dites que vous avez fait des erreurs par le passé, ne vous blâmez pas, bienvenue au club des parents humains ! Essayez simplement de voir quels outils parmi ceux que nous abordons ici pourraient vous être utiles, ont du sens pour vous et font écho à vos valeurs. Chaque fois que vous vous apercevez que vous auriez dû agir différemment, excusez-vous et demandez une seconde chance : « Quand tu m'as demandé si tu pouvais prendre une gorgée de vin dans mon verre, j'ai réagi un peu vivement. J'aimerais revenir sur les raisons pour lesquelles je t'ai dit non, est-ce que tu es d'accord pour qu'on en reparle et pour me

donner une seconde chance de te parler de la consommation d'alcool ? » **Il n'est jamais trop tard pour adopter de nouvelles stratégies parentales, pour essayer de faire différemment, pour améliorer la relation avec votre ado...** Le cerveau se remodèle sous l'effet des expériences !

- **Choisissez vos batailles :** si vous ne savez pas comment réagir à un comportement donné, s'il n'y a pas de danger en soi pour votre adolescent ou pour les personnes qui l'entourent, laissez passer un peu de temps. De même, si votre adolescent habituellement respectueux et attentif aux autres a un comportement que vous trouvez décevant, essayez de ne pas réagir trop vivement. Tout le monde fait des faux pas et un adolescent à qui cela ne ressemble pas d'agir ainsi est souvent bien conscient d'avoir mal agi et n'apprend pas forcément mieux de ses erreurs ou écarts de conduite si on le fait se sentir honteux de son comportement. Vous pourrez toujours y revenir plus tard, ou si ce comportement devient récurrent. Gardez votre sens de l'humour.
- **Laissez votre propre « bagage » à la porte**. Nous l'avons dit plus haut, ce que vous avez vécu en tant qu'adolescent colore parfois vos attentes, vos craintes, vos interprétations des expériences de votre adolescent. Or il est indispensable de lâcher, autant que faire se peut, ce que vous charriez de compliqué à propos de cette période de notre vie pour faire de la place à ce que vit votre adolescent, à ce que cela représente pour lui, afin d'éviter de projeter sur lui vos peurs et vos craintes et de lui faire porter ce poids-là. Prenons pour exemple une expérience difficile autour de votre poids à l'adolescence, comme une prise de poids visible qui vous aurait valu des moqueries. Si votre adolescent prend à son tour visiblement du poids, vous penserez peut-être le protéger en l'encourageant à surveiller son alimentation et à perdre du poids. Mais cela risque d'interférer avec le comportement alimentaire et le « poids de bonne santé » de votre adolescent, ainsi qu'avec son estime de lui-même ;

l'encourager à prêter attention à ses ressentis, à ses sensations de faim, à ses envies alimentaires, à son niveau d'énergie et lui faire confiance pour apporter à son corps ce dont il a besoin aura des conséquences bien plus bénéfiques (voir aussi page 119).

Voyons maintenant de manière pratique quoi faire dans certaines situations que vous pouvez rencontrer avec votre adolescent...

1) Comment gérer les comportements problématiques de mon adolescent (non-respect d'une règle, comportement à risque, mensonge...) ?

Nous vous encourageons à adopter des stratégies de discipline « assertive » (en opposition avec une discipline dure ou punitive). L'idée est de proposer des règles stables dans le temps, réalistes, définies si possible collaborativement, connues à l'avance et fondées sur une logique de conséquence naturelle (si je ne travaille pas pour un devoir, j'ai une mauvaise note) et/ou sur l'idée d'apprendre quelque chose d'utile d'un « mauvais » choix (si j'ai choisi de passer du temps avec mes amis plutôt que de travailler, je n'ai pas eu assez de temps pour préparer le contrôle). Dans tous les cas, les règles et les conséquences doivent être explicitées et claires, et elles doivent être communiquées à l'avance à votre adolescent. Elles gagnent à être rappelées aussi souvent que nécessaire et, si possible, calmement, à un moment où l'adolescent est disponible et attentif. Elles doivent aussi être constantes, c'est-à-dire qu'elles sont appliquées chaque fois que la situation se répète (les règles et les conséquences peuvent bien entendu être réévaluées et réajustées, si possible de manière collaborative et, dans tous les cas, de façon explicite). Enfin, **les règles peuvent faire l'objet d'un contrat** que vous pouvez rédiger et signer, vous et votre ado, si cela aide à formaliser vos attentes en termes de comportement et les conséquences positives ou négatives.

Évitez de vous retrouver dans des escalades symétriques : par exemple, parler plus fort, voire crier, pour être entendu. Évitez aussi de ne pas appliquer une conséquence devant une réaction émotionnelle intense ou parce que votre ado insiste. Ce qui n'empêche pas de reconnaître l'intensité de l'émotion (voir page 31) provoquée par la situation.

Pour certains comportements-problèmes, s'ils ne sont pas source de danger pour l'adolescent ou son entourage, vous pouvez pratiquer **l'ignorance sélective**. Grâce à cette stratégie, certains comportements-problèmes s'éteignent d'eux-mêmes car ils ne sont pas renforcés par un excès d'attention et de réaction de la part des parents (cependant, avant de s'éteindre, certains de ces comportements augmentent lorsque l'on utilise l'ignorance sélective). Dites-vous que votre adolescent peut se montrer impoli ou injurieux pour éviter que vous abordiez un sujet qui fâche ; dans ce cas, le fait de rester centré sur l'objet de votre propos et d'ignorer l'impolitesse vous aidera à aller au bout de ce que vous voulez dire.

Quelle que soit la stratégie que vous utilisez pour répondre à un comportement problématique, cela fonctionnera mieux :

- **si votre adolescent reçoit par ailleurs de l'attention et des valorisations lorsqu'il se comporte « bien ».** Dans le même ordre d'idées, si vous appliquez une conséquence à un comportement négatif, n'oubliez pas de féliciter un comportement positif. En outre, si votre relation est chaleureuse et positive, il est plus facile d'être calme et ferme de manière bienveillante au moment d'appliquer une conséquence ou une punition ;

- **si les attentes sont réalistes** (aucun être humain ne se comporte de façon parfaite en permanence) **et si elles sont communiquées sans ambiguïté** ;
- **si vous évitez les punitions arbitraires et impulsives** sous le coup de la colère ;
- **si, dans certains cas, vous parvenez à vous mettre à la place de votre ado** et à chausser vos « lunettes d'adolescent » (voir page 97). Lorsque vous vous préparez à une conversation difficile, votre adolescent peut être convaincu *a priori* que vous allez être fâché ou déçu. Souvenez-vous que votre adolescent se comporte bien quand il le peut et désamorcez d'emblée ses craintes par un ton de voix calme si possible, sans recourir au jugement ou à la honte. L'idée est que votre adolescent apprenne à travers cette erreur ou cette bêtise comment mieux faire la prochaine fois, pas qu'il perde toute estime de lui-même. Personne n'apprend en ayant peur ou honte. Pensez aussi aux cercles vicieux : « mauvais » comportement, mensonge, punition, leçon, cris, et ainsi de suite, et voyez s'il est possible de désamorcer un cycle de ce type. Si nécessaire, prenez du recul pour réfléchir aux éventuels besoins développementaux non comblés (voir page 99) ou aux comportements qui ont pu involontairement être renforcés (réaction vive de votre part à cause d'une mauvaise note, donc votre adolescent n'ose pas vous dire qu'il est en difficulté dans une matière, vous cache ses notes et vous découvrez ensuite un mauvais bulletin) ;
- **si vous reconnaissez quand vous avez tort ou avez réagi trop vivement et vous excusez :** cela rend vos interventions plus audibles par ailleurs et modèle un comportement de responsabilité ;

- **si vous n'empilez pas les griefs.** Dire : « Non seulement ton bulletin est décevant, mais en plus ta chambre n'est pas rangée, tu es méchant avec ta sœur et irrespectueux avec moi ! » risque de ne vous mener nulle part ;
- **si vous modelez ce que vous souhaitez « voir » chez votre adolescent :** que ce soit en termes de comportement ou de réaction (reconnaître une erreur, un tort, un oubli…) ou en termes de valeurs (tenir compte des autres lors d'une décision) ;
- **si vous gardez en tête que votre adolescent est différent selon le contexte** (voir page 41). Lorsque vous vous dites : « Mais qu'est-ce qui a pu lui passer par la tête, on en avait pourtant discuté avant ?? », pensez à l'influence des pairs, à la présence ou non d'un parent, à la qualité de sa relation avec vous et à la possibilité qu'il a ou non d'exprimer ses priorités développementales de façon raisonnable ;
- **si vous ne faites pas feu de tout bois :** d'où l'importance de recourir parfois à l'ignorance sélective, ou si votre adolescent se comporte bien la plupart du temps, de lui laisser le bénéfice du doute quand vous n'êtes pas sûr de ce qui s'est passé, ou encore de ne pas l'enfoncer, voire de l'aider à se sortir d'une situation où il vous ment visiblement, en ne cherchant pas à le faire avouer ou à le prendre en défaut. À propos des mensonges, Merryman[35] dit qu'ils ne sont pas liés à un problème en soi avec la capacité de dire la vérité, mais à un problème avec les conséquences potentielles de la vérité (décevoir ses parents, être puni, ne pas avoir le droit de faire quelque chose, devoir argumenter…), que l'on chercherait à éviter ;
- **si vous vous souvenez que votre ado change avec le temps, se construit et forge son identité sur une longue période,** et que la personne devant vous n'est pas forcément celle qu'il sera à l'âge adulte… Accordez-lui du temps pour se trouver, tâtonner, être maladroit et se tromper ;

35. Po Bronson et Ashley Merryman, *NurtureShock : New Thinking About Children*, Twelve, 2008.

- **si vous gardez en tête que, de temps en temps, il est possible d'accepter de négocier et de trouver un compromis satisfaisant.** Par exemple, dans une situation où votre première réaction est de dire non à une demande de votre adolescent et s'il insiste, vous pouvez lui dire : « OK, je te propose d'écouter tes arguments ce soir/demain à tête reposée », ou bien : « Convaincs-moi » (naturellement, nous ne parlons pas d'une situation à risque, mais plutôt d'une limite que vous avez posée de manière arbitraire, ce qui est bien sûr normal de temps en temps), ou encore : « Que ferais-tu à ma place ? À ton avis, qu'est-ce qui me pousse à te dire non ? » Toutes ces phrases vont l'inviter à trouver des solutions créatives, à faire des compromis, à négocier, à argumenter et à se mettre à la place de l'autre. Dans certains cas, il se peut même que l'adolescent termine l'échange convaincu qu'en fait vous avez pris la meilleure décision et qu'il est d'accord avec vous ;
- **si vous savez ce qui vous fait « surréagir » :** en tant que parents, nous avons tous des sujets qui nous font particulièrement réagir, et vivement (que ce soit l'impolitesse, l'impression d'avoir un adolescent paresseux ou qui ne s'intéresse plus à la famille…). Reconnaître ses *triggers*[36], qui peuvent être sous-tendus par notre histoire personnelle, nos valeurs, et/ou nos croyances sur les ados, peut aider à modérer des réactions qui pourraient être démesurées et aboutir à des cercles vicieux relationnels. Par exemple, le fait que votre adolescent soit irritable et grincheux peut vous conduire à penser que vous l'agacez et que vous ne savez pas comment vous y prendre, et installer du ressentiment dans la communication et la relation. Dans ce cas, rappelez-vous qu'il est irritable parce que son cerveau change à cause des effets des hormones sur l'humeur – ce n'est pas une réaction à ce que vous, en tant que parent, dites et faites. De même, l'influence des pairs sur son comportement peut vous faire imaginer que votre adolescent est trop influençable et incapable de défendre ses valeurs.

36. Éléments déclencheurs.

Mais l'engagement social pour trouver sa place dans son groupe est un enjeu développemental qui passe par des essais/erreurs, lesquels ne préjugent pas de l'intégrité ou des valeurs qui animent votre adolescent. Ou encore, le besoin de trouver des réponses par lui-même peut le conduire à remettre en question quelque chose que vous lui dites, et plutôt que de bondir en rétorquant: « Parce que c'est comme ça », profitez-en pour ouvrir le dialogue, donner des ressources, éduquer.

2) Mon adolescent n'aime plus ou ne veut plus de câlins, comment alors assurer la proximité physique que vous décrivez comme importante pour le sentiment de connexion ?

Répondre au besoin de contact physique que nous avons tous et, dans le même temps, respecter l'inconfort de notre adolescent est en effet important. Vous pouvez essayer de noter son niveau de confort/inconfort en réaction à différentes manières de communiquer votre affection; respectez ses limites, mais ne lâchez pas! S'il n'est pas à l'aise avec les câlins, s'il n'aime pas ou plus que vous l'embrassiez, vous pouvez manifester votre présence et votre affection autrement: laisser de petits mots sur l'oreiller, dans le cahier de texte, apporter un verre d'eau ou un en-cas pendant qu'il fait ses devoirs, passer une main dans le dos ou faire un check/*high five*, s'asseoir à proximité…

3) Que faire si mon adolescent ne s'intéresse qu'à des choses « futiles » ou qui ne lui assureront jamais un avenir ?

D'abord, souvenez-vous que personne ne peut prédire l'avenir – qui sait quelles portes une passion *a priori* futile pourrait lui ouvrir ? Cela dit, plus concrètement, essayez de voir les compétences que votre adolescent développe à travers sa passion comme utiles, transposables et positives. Rappelez-vous que, dans l'absolu, tous les adolescents veulent réussir leur vie, donc faites confiance au temps et au processus naturel de développement. Créez si possible un climat stimulant et intéressant, en notant ce qui intéresse votre adolescent (ce qui le fait réagir, lever le nez de son livre/assiette/jeu vidéo…), et trouvez des occasions de creuser ces sujets en mettant à disposition des ressources, en posant des questions pour mieux comprendre et en l'écoutant vous parler de ses centres d'intérêt.

4) C'est les montagnes russes émotionnelles, que faire ?

Lorsque votre adolescent est sous le coup d'une émotion forte, vous pouvez :

- **venir à ses côtés et simplement être là, montrer que vous faites attention à ce qui se passe et que vous restez calme** (souvenez-vous, votre adolescent utilise votre calme pour se calmer). Ne minimisez pas, ne raisonnez pas, ne critiquez pas. Essayez d'avoir le même type de présence (physique et émotionnelle) que lorsqu'il se faisait mal quand il était plus jeune[37]. Vous pouvez exprimer une version à vous de « Je suis avec toi » ;
- **essayer de nommer l'émotion ressentie**, cela invite le cerveau pensant à se mettre « en ligne » ; en anglais, on dit *name it to tame it*[38]. Faites-le respectueusement et sous la forme d'une question, car il n'est pas aisé de savoir ce qui se passe émotionnellement

37. Les études montrent de manière constante qu'avoir au moins un adulte de confiance auprès de soi, en particulier dans les moments de détresse, a un impact positif quel que soit le paramètre de bonne santé, physique, social ou émotionnel considéré.
38. Nommer [l'émotion] pour l'apprivoiser.

chez un ado; cela peut être simplement: « J'ai l'impression que tu es submergé d'émotions, je me trompe? » ou bien: « J'ai l'impression que tu es frustré, c'est bien ça? » Répétez si nécessaire, il se peut que votre adolescent vous ignore ou se montre gêné par votre présence. Dans ce cas, verbalisez votre disponibilité et faites savoir que vous n'êtes pas loin si besoin. Ou encore, si vous avez l'impression qu'il a passé une mauvaise journée mais ne souhaite pas en parler, vous pouvez simplement avoir un geste affectueux, comme lui apporter un verre d'eau, un en-cas, lui passer une main dans le dos… ;

- **laisser passer un peu de temps.** Ne tentez pas de raisonner, de résoudre le problème, de trouver une explication ou une solution. Souvenez-vous que les émotions ont leur propre cycle et retombent systématiquement. Si votre adolescent est sous le coup de la colère et que rester à ses côtés ne semble pas suffire, vous pouvez lui proposer de rester un moment seul de son côté pour se calmer et de vous retrouver plus tard. Pensez au fait que certains stimuli sensoriels (certains aliments ou certaines boissons, de la musique, une façon de toucher) sont des outils utiles pour réconforter sans utiliser de mots.

Grâce aux étapes précédentes, votre adolescent se sent en sécurité. Il se sent « vu » puisque vous prenez en compte son monde interne et voyez ce qui se passe pour lui d'un point de vue émotionnel: cela lui permet de s'autoréguler à son ryhme. Lorsqu'il a recouvré son calme, proposez de débriefer s'il le souhaite, ce qui ne sera pas toujours le cas. **N'essayez pas à tout prix de trouver une explication ou de proposer une solution**, et si c'est une situation qui nécessite d'être rediscutée (par exemple, l'émotion forte était liée à un refus de votre part), attendez un moment tranquille et propice à la discussion. De même, si vous pensez que l'émotion forte est due à une situation qui pourrait être l'occasion pour votre adolescent d'apprendre quelque chose (par exemple, déception et découragement après une mauvaise note sur un devoir pour lequel vous pensez qu'il n'a pas assez travaillé), attendez le bon moment pour évoquer le sujet et adoptez une position de consultant (« Qu'est-ce que tu penses de ce qui s'est passé ? Est-ce que cela te donne envie de faire autrement la prochaine fois ? Est-ce que tu veux entendre mon avis ? Quel est ton plan ? » ou encore : « De quoi as-tu besoin ? Comment puis-je t'aider ? »). **Préférez aussi une position de résolution collaborative de problèmes** plutôt qu'une stratégie où vous vous placez en hauteur, comme celui qui sait ce qu'il sera mieux de faire la prochaine fois. Enfin, souvenez-vous que si l'émotion forte fait suite à une blessure sociale (ne pas être invité à une fête, être mis de côté au collège...), les mêmes circuits que ceux de la douleur physique sont activés chez votre adolescent. Il a besoin d'un pansement émotionnel, que vous reconnaissiez qu'il a de la peine. Dans ces moments-là, essayez de vous contenter d'écouter et de communiquer votre présence et votre affection. Ne cherchez pas à partager votre théorie sur ce qui est arrivé (« Tu es sûr que tu n'as pas été trop pénible avec lui et que c'est pour ça qu'il t'a mis de côté ? »), ne lui dites pas : « Je te l'avais bien dit » ou une variante : « Je t'avais dit que ce n'était pas une bonne fréquentation. » **N'oubliez pas de respecter son propre rythme de « rétablissement » :** il peut très vite passer à autre chose et ne pas avoir envie que vous lui reparliez d'une dispute avec son meilleur copain alors qu'il n'y pense plus ou, au contraire, mettre du temps à digérer une situation sans pour autant avoir besoin de votre intervention. Bien sûr, vous contenter d'écouter activement peut être difficile, en particulier lorsque votre adolescent est triste et que vous voulez le rassurer, ou si vous pensez savoir ce qu'il faut faire, mais c'est souvent la stratégie la plus utile.

5) Et si mon adolescent me parle mal sous le coup d'une émotion ?

« Non seulement ce prof est nul, mais en plus vous êtes nazes comme parents, vous avez oublié de signer mon devoir !! » Vous pouvez répondre par une version personnelle de « **Toutes les émotions sont OK, tous les comportements ne le sont pas** », ou encore : « Je ne laisse personne me parler ainsi. Je vois que tu es hors de toi, alors je vais te laisser dix minutes et si tu veux, on pourra faire le point plus tard. » Notez que cela modèle aussi pour votre ado une façon de verbaliser ses limites et ce qui n'est pas acceptable pour lui.

6) Mon adolescent n'est jamais à la maison, ne participe pas aux tâches ménagères...

Nous l'avons dit, les adolescents ont besoin d'avoir des responsabilités à la maison. Pour qu'ils les assument, elles doivent être adaptées à leur âge, ils doivent savoir comment faire et quel est le résultat attendu (ils peuvent avoir une définition différente de « ranger la cuisine » que vous). Ils doivent pouvoir demander de l'aide si besoin, s'exercer, faire des erreurs. Ils doivent également être encouragés et valorisés lorsqu'ils mènent à bien ces tâches. Pour que votre adolescent se sente utile et constate qu'il joue un rôle important dans le bon déroulement de la vie familiale, **soyez attentif aux comportements positifs**, montrez que vous y êtes sensible, faites un commentaire positif comme « Merci d'avoir rangé la cuisine, j'apprécie ton aide pour débarrasser le lave-vaisselle et nettoyer le plan de travail », adressez un regard appréciateur ou un sourire. Cela dit, la réticence aux corvées a souvent tendance à augmenter à l'adolescence. Il est moins attentif à vos demandes, plus absorbé par ses propres priorités développementales.

Il peut alors être utile de :

- vous assurer d'avoir toute son attention lorsque vous lui demandez de faire quelque chose (le contact visuel est indispensable, évitez de vous adresser à lui pendant qu'il est absorbé par une autre activité comme écrire un SMS ou jouer à un jeu vidéo) ;
- faire court, demander une chose à la fois ;
- lui donner un délai raisonnable sans attendre de lui qu'il laisse tomber ce qu'il fait à la minute ;
- donner un coup de main. Si vous voyez que votre adolescent est fatigué et/ou stressé, vous pouvez intervenir et l'aider, de la même manière que vous aideriez un ami s'il se sentait dépassé. Par ailleurs, si vous êtes fatigué ou débordé, vous pouvez lui demander à un autre moment de vous aider !
- tolérer que ce ne soit pas parfait ou fait à votre manière : définissez des compromis si nécessaire. Essayez de partir du principe que votre adolescent fera à sa manière et que l'essentiel est que ce soit suffisamment bien fait (et donc donnez des explications concrètes et réalisables sur la façon de s'y prendre). Pensez aussi qu'il existe une marge de progression quand il débute dans une tâche (cuisiner un plat, par exemple). Ne reprenez pas la main aussitôt si ce n'est pas réalisé selon vos standards ou pas assez rapidement. Fournissez-lui des occasions de s'entraîner et soyez patient ;
- formuler les rappels agréables, plutôt que de lui reprocher de toujours oublier de faire ce qu'il doit faire ;
- définir les besoins de la famille de manière réaliste : « Tu peux aller dîner chez ton ami après avoir sorti les poubelles et promené le chien, et on essaie de se prendre un temps dimanche après-midi pour le sortir ensemble, j'aimerais beaucoup passer un peu de temps avec toi avant ton match de volley. »

Même s'ils rechignent, les adolescents qui aident à la maison trouvent en général leur contribution gratifiante et apprécient de participer.

7) Vous dites que chacun va à son rythme en termes d'autonomie et d'indépendance, mais je ne serai pas toujours là !

En effet, mais s'appuyer sur cette idée-là pour demander à votre adolescent d'être plus autonome peut être stressant pour lui ; il peut se sentir dépassé et démuni, et voir son cerveau émotionnel s'activer, sans pour autant que cela fasse appel à son besoin de statut et d'agentivité. Il est préférable de l'encourager en soulignant ce qu'il sait déjà faire et ce dans quoi il est à l'aise : « J'ai remarqué que tu prenais plaisir à rentrer seul du collège » ; « Voudrais-tu que je te montre comment préparer ce plat ? »

Le but est qu'il devienne indépendant en ayant confiance en lui et en se sentant compétent. Attention aux messages comme « Je suis confiant dans le fait que tu vas réussir » (ça, on n'en sait rien) lorsque votre ado se trouve face à un nouveau défi, une nouvelle compétence à acquérir ; préférez si possible : « Je suis confiant dans le fait que tu es capable d'essayer, de trouver une solution, de t'entraîner et de progresser », en vous étant assuré au préalable que votre ado a bien les connaissances adéquates ! Sa confiance en soi sera d'autant plus renforcée qu'il est écouté, que son avis est pris en compte et valorisé, qu'il a des opportunités régulières de prendre des décisions pour lui-même, des responsabilités adaptées, qu'il se sent aimé et respecté pour qui il est, qu'il est impliqué dans la vie de famille et que vous avez pour lui des attentes réalistes, qu'il est encouragé et épaulé avec bienveillance.

8) Mon adolescent veut laisser tomber une activité qu'il adorait pourtant depuis l'enfance, quel dommage !

Dans ce cas :

- Entendez la demande et soulignez que le choix d'arrêter ou non lui appartient.
- Encouragez votre adolescent à prendre suffisamment de temps pour y penser et proposez-lui de *brainstormer* ensemble sur la balance décisionnelle (avantages d'arrêter, inconvénients d'arrêter, avantages de continuer, inconvénients de continuer).
- Évaluez de votre côté le « risque » d'arrêter : sera-t-il possible de reprendre ? Quel sera l'impact de l'arrêt ? Et si votre adolescent est désireux d'entendre votre point de vue, faites-lui part de vos conclusions sur ce point. De la même manière, essayez d'évaluer la possibilité de faire des changements (emploi du temps, professeur, groupe…) qui lui permettraient de poursuivre et soumettez-lui vos propositions.
- S'il décide finalement d'arrêter, proposez-lui de faire régulièrement le point ensemble pour réévaluer sa décision dans les semaines qui suivent et rectifier le tir si besoin et si possible.
- Faites-lui confiance pour prendre la bonne décision pour lui-même !

9) Comment aborder la sexualité avec mon adolescent ?

À l'adolescence, les jeunes voient naître en eux de nouveaux sentiments, de nouvelles émotions, y compris des pensées et des ressentis sexuels. Les adolescents ont des coups de foudre (des *crushs*), des fantasmes et peuvent être excités sexuellement par de nombreux stimuli. Ces émotions nouvelles, qui peuvent être difficiles à comprendre et susciter la gêne, l'embarras ou la honte, sont très souvent à l'origine de nombreuses questions et d'une curiosité bien naturelle pour savoir comment les autres font, ce qui est normal ou pas, ce que l'on est censé faire…

Si l'éducation sexuelle est tellement importante, c'est parce qu'avoir plus d'informations sur le sujet peut aider les adolescents à **comprendre ce qui se passe en eux face à ces nouvelles pulsions, à prendre soin de leur corps, à se protéger et à faire des choix importants qui les maintiennent en sécurité et favorisent leur épanouissement**. Si nous n'éduquons pas nos enfants sur la sexualité, Internet ou les médias s'en chargeront: les jeunes rapportent qu'Internet est leur première source d'information sur ce sujet[39].

Ainsi, pour les parents qui se demandent pourquoi parler de tout ça avec leurs ados, pourquoi être disponibles et à l'écoute pour discuter de sexualité, ouvrir la porte aux questions et répondre sans tabou, les rassurer sur le caractère normal et sain des premiers émois, **le fait est que les ados ont maintenant accès à de nombreuses informations, en particulier en ligne** (si eux-mêmes n'ont pas accès à ces sources, ce sera le cas de certains de leurs camarades qui ne manqueront pas de partager ce qu'ils « apprennent » par ce biais); il est donc utile de se positionner comme une source d'information supplémentaire, respectueuse et bienveillante, à même de donner des renseignements honnêtes et précis, et/ou d'orienter vers des ressources sûres ou une personne-ressource[40].

39. Michele Icard, *Fourteen Talks by Age Fourteen: The Essential Conversations You Need to Have with Your Kids Before They Start High School*, Harmony, 2021.
40. C'est-à-dire une personne formée sur le sujet et qui saura mettre votre adolescent à l'aise pour en discuter.

Inciter à l'abstinence ne peut pas être la seule éducation, parler seulement des risques liés au sexe non plus. La notion de **sexualité positive** a ainsi vu le jour au cours des dernières années. Selon Charline Vermont, son éducation accueille la sexualité « avec bienveillance et sans jugement, comme une expérience profondément humaine. L'exploration de soi, l'écoute de son corps, de ses besoins et envies sont autant valorisées que l'apprentissage du respect et du consentement[41] ».

La sexualité positive englobe ainsi, entre autres, un discours inclusif sur le sexe et le genre, la notion de consentement et de consentement enthousiaste, ainsi que des stratégies pour encourager la communication, la confiance, le respect, le plaisir et pour aider à envisager et à gérer les conséquences émotionnelles et physiques inattendues.

Il n'est pas nécessaire que vous soyez entièrement à l'aise ou que vous sachiez tout sur la sexualité pour avoir ces conversations avec votre adolescent. Il suffit de montrer que vous écoutez, que vous cherchez à donner des informations claires et honnêtes, d'orienter vers des ressources qui proposent des informations appropriées à l'âge. L'idée est que votre adolescent vienne vous trouver s'il a des questions ou est en difficulté, et pas seulement qu'il consulte Internet. S'il vous pose une question qui vous met mal à l'aise ou qui vous paraît sortir de nulle part, vous pouvez soit faire comprendre que vous avez entendu la question et que vous restez ouvert (« C'est une bonne question, qu'est-ce qui t'a fait penser à ça ? » permet aussi

41. Charline Vermont, *Corps, amour, sexualité. Les 100 questions que vos enfants vont vous poser*, Albin Michel, 2021. L'autrice rappelle également qu'une étude de l'Unesco a d'ailleurs montré que plus les parents parlent de sexualité avec leur enfant (de manière adaptée à son âge et à son tempérament), plus l'âge du premier rapport sexuel est tardif, moins les enfants/adolescents sont tentés de découvrir des « réponses » seuls, à travers des conduites à risque, moins ils sont exposés aux infections sexuellement transmissibles (IST). Une éducation à la sexualité adaptée permettrait également de diminuer le nombre de grossesses précoces (non désirées) et d'agressions sexuelles.

de contextualiser la question et ce qu'il veut savoir, mais la réponse peut être : « Je ne sais pas, je n'y ai pas encore réfléchi »), soit dire que vous ne savez pas encore répondre, mais que vous allez vous renseigner et/ou que vous pouvez chercher ensemble des ressources sur la question (et le faire).

Les conversations peuvent débuter dès l'enfance, elles se complexifieront naturellement avec le temps et l'âge. Avant l'entrée dans la puberté, proposer des informations et des ressources sur les changements corporels attendus est très utile. Pour ce qui est du consentement, la façon de l'aborder change au fur et à mesure que l'enfant grandit, mais cette notion peut être évoquée très tôt. Dès la petite enfance, on peut nommer les actions qui concernent le corps de l'enfant avec les termes appropriés pour les différentes parties du corps ; puis parler du consentement à être touché, embrassé, câliné. Dans l'enfance, on aborde le consentement de l'autre à certains jeux, à partager un jouet ; le consentement à être pris en photo, puis à ce que ces photos soient partagées. À l'adolescence, on évoque le consentement dans le cadre d'une relation sexuelle, l'impact de la prise de drogue sur le consentement enthousiaste, etc. Les éléments de base du consentement incluent le partage, le toucher, la notion d'espace personnel et de limites personnelles, la notion de savoir communiquer sur ce qui est confortable et ce qui ne l'est pas (avoir les mots pour dire à une autre personne qu'on ne veut pas ceci ou cela, qu'on ne se sent pas à l'aise, qu'on veut arrêter une activité comme un jeu de chahut ou des chatouilles…) et la notion de savoir demander à l'autre ce qui est confortable et ce qui ne l'est pas[42].

42. Certains enfants sont plus tactiles que d'autres et ce n'est pas un défaut ! En revanche, sans leur faire honte ni leur reprocher cette qualité, il est important de leur faire prendre conscience du fait que ce n'est pas le cas de tout le monde : « Est-ce que c'est OK pour toi ? » « Est-ce que cela te va si je fais ça ? » « Est-ce que c'est agréable si je fais ça ? » Là encore, montrez l'exemple !

En matière de sexualité, il est également important de partager avec votre adolescent les stratégies de **réduction des risques** (voir également page 185): prévention des IST, des grossesses non désirées… et d'encourager la prise de décision centrée sur ses besoins, ses valeurs et la résolution de problèmes en cas de difficulté (voir pages 136). L'idée n'est pas de se perdre dans des détails techniques, mais d'évoquer en quoi les expériences autour de la sexualité ont un impact émotionnel et comment en tenir compte pour développer des relations épanouissantes. Sans entrer encore une fois dans des détails intimes, vous pouvez discuter de ce que cela fait d'être dans une situation où on se sent vulnérable, pas prêt, sous pression, ou au contraire dans une relation de confiance et de respect mutuel. Abordez l'impact émotionnel de ce que l'on fait, ne parlez pas seulement des risques à éviter, mais de ce dont on a envie pour soi dans une relation, de ce que signifie le respect, la dignité. Il peut être difficile de définir ces notions, et en particulier on peut croire à tort que le respect, c'est traiter les autres comme on voudrait qu'on nous traite… **mais le respect, c'est traiter les autres comme ils veulent être traités, et pour savoir ce qu'ils veulent, il faut demander!** Nous n'aimons pas tous les mêmes choses, nous n'avons pas tous les mêmes attentes, nos ressentis sont uniques. Être traité avec dignité, c'est être traité comme quelqu'un qui a de la valeur, dont les ressentis comptent, dont l'expérience est importante. Vous pouvez évoquer certains sujets de manière métaphorique ou en invitant votre adolescent à réfléchir à comment il se sent dans certaines situations non sexuelles, pour faire le lien avec certaines notions qui s'appliqueront aux relations intimes.

- Pour évoquer le principe du consentement, vous pouvez donner l'exemple de quelqu'un qui prend un stylo sur le bureau d'un de ses camarades sans demander la permission et part avec… « Comment te sentirais-tu ? »

- Pour insister sur l'importance de définir ce qu'un même mot signifie pour chacun et être sûr que l'on est tous d'accord sur la même chose, demandez à plusieurs adolescents de penser à un ours, puis interrogez-les individuellement sur l'image qu'ils ont en tête : pour certains, ce sera un grizzli ; pour d'autres, un ours polaire ; pour d'autres encore, un ours en peluche, etc.
- Pour parler de l'importance du contexte sur les ressentis et du fait que le consentement peut être retiré à tout moment, décrivez une situation où des élèves chahutent sur le trottoir à la sortie du collège pour se défouler après une journée chargée… Ils se poussent « gentiment », se bousculent, grimpent sur le dos l'un de l'autre, s'amusent ensemble… Que ressentiraient-ils si une personne qu'ils ne connaissaient pas, les voyant s'amuser, s'autorisait à les rejoindre et entrait dans leur jeu ?

Il est aujourd'hui recommandé d'aborder la pornographie dès l'entrée dans l'adolescence. L'âge médian du visionnage du premier porno en France est de 12 ans (ce qui veut dire que la moitié des enfants en ont vu avant l'âge de 12 ans). Être exposé à la pornographie est quasi inévitable, que la recherche soit volontaire (par curiosité, quête de réponses à des questions sur la sexualité) ou non. En dehors du fait qu'elle peut choquer un jeune adolescent, le risque est que cela crée des attentes et des standards irréalistes et malsains et conduise à des comportements irrespectueux, voire violents. D'où l'importance de prendre le temps de discuter avec votre adolescent de ce que la pornographie est (une fiction, une performance d'acteurs) et n'est pas (une source valide d'information et une représentation réaliste et représentative de la sexualité). Pour un jeune adolescent, vous pouvez utiliser une comparaison comme celle proposée par l'autrice Michelle Icard : « La pornographie n'est pas une représentation réaliste de la sexualité, pas plus qu'un film des Avengers n'est une représentation réaliste des activités de lutte contre le crime[43]. »

Ne vous bornez pas à dire : « Je regarde l'historique et te prive d'ordinateur/de téléphone/d'iPad/de wifi/de télé si je vois que tu fais des recherches/regardes des contenus inappropriés. » N'abordez pas non plus la question de la pornographie sous l'angle de « c'est vulgaire » (cela pourrait générer de la honte associée à l'excitation sexuelle chez votre adolescent). **Reconnaissez la curiosité et le besoin de réponses et réorientez vers des ressources appropriées.** Un script possible pour aborder la pornographie est, par exemple : « Je voudrais te parler de pornographie. Je me doute que c'est bizarre pour toi et c'est possible que cela te mette mal à l'aise, c'est vrai que c'est inconfortable pour moi aussi, mais si je ne t'en parle pas, je sais que tu risques d'entendre des mots, de voir des choses que tu ne comprends pas ou qui seront source de confusion et d'inquiétude. Quelqu'un en parlera devant toi et je ne suis pas sûr de ce qu'il dira, cela sera peut-être des informations pas forcément vraies ou précises. Je veux essayer de partager les informations qui me paraissent importantes pour que tu sois en sécurité et que tu aies les connaissances utiles. Je veux aussi te dire que si tu vois du porno, ce qui est très commun, je ne serai pas fâché, ce n'est pas une bêtise ou ta faute, et j'aimerais vraiment que, si c'est le cas, tu viennes me trouver pour qu'on puisse ensemble faire la part des choses entre ce qui est "vrai" et ce qui relève de la fiction, examiner ce qui est inexact ou pas représentatif de ce que veulent la plupart des gens. Je suis disponible pour essayer de répondre du mieux que je peux à toutes les questions que tu pourrais avoir ou pour trouver des réponses ensemble, et je serai très heureux que tu n'hésites pas à venir me trouver chaque fois que tu as une question ou un doute. »

---

43. Michele Icard, *Fourteen Talks by Age Fourteen*, *op. cit.*

10) On entend aussi beaucoup parler d'identité de genre, de transidentité, comment me positionner en tant que parent ?

L'adolescence peut aussi être un moment de découverte et d'exploration de son identité de genre et de son orientation sexuelle. Souvent confondus, ces deux pans de l'identité sont pourtant distincts, et s'ils peuvent s'influencer l'un l'autre, ils suivent chacun un cheminement propre. Sur ce sujet encore, le langage que vous utilisez dans les discussions formelles et au quotidien a une importance et véhicule vos idées sur ce que vous estimez « normal » et « acceptable ». Ainsi, si vous adoptez un langage inclusif et respectueux de toutes les identités de genre et orientations sexuelles et de tous les modèles familiaux et de conception d'un enfant, cela permettra à votre adolescent de se sentir libre d'explorer et d'exprimer qui il est et de s'autodéterminer (vous trouverez plus d'informations dans *C'est pas mon genre* ![44]). Essayez de vous éduquer sur les nouveaux termes de genre et d'orientation sexuelle; demandez à votre adolescent de vous les expliquer. Nous vivons un moment d'évolution sociétale majeure, avec une meilleure compréhension de la fluidité du sexe, de l'orientation sexuelle, de l'identité de genre, et nous avons beaucoup à apprendre de cette génération. Créez un environnement où votre adolescent se sent complètement en sécurité pour être lui-même. Pour accompagner le délicat processus de construction identitaire, ce que l'autrice Michelle Icard appelle « The Middle School Construction Project[45] », qui englobe des changements très visibles (les modifications corporelles liées à la puberté, mais aussi le changement de style vestimentaire, par exemple) et d'autres moins visibles

44. Anne Bargiacchi, *C'est pas mon genre ! Les clés pour répondre aux questions de votre enfant sur le genre*, Marabout, 2022.
45. « Le projet de construction du collège », *in* Michele Icard, *Fourteen Talks by Age Fourteen*, *op. cit.*

mais qui impactent profondément notre quotidien (les changements cérébraux et identitaires), vous devez être présent avec respect et acceptation, encourager et soutenir de manière inconditionnelle la personne que votre enfant est en train de devenir.

11) Les relations sociales occupent beaucoup du temps de mon adolescent, mais sont aussi très compliquées et source de « drames », comment me positionner ?

Comme nous l'avons dit, les adolescents sont « programmés », « câblés » pour accorder beaucoup d'importance à ce qui se passe avec leurs pairs, pour être attirés et sensibles aux signaux sociaux, en dehors du nid familial. Et ce, d'une part, afin d'être acceptés et de trouver leur place au sein d'un groupe (d'un point de vue évolutionniste, il est plus probable de survivre lorsque l'on appartient à un groupe que lorsque l'on est seul) et, d'autre part, afin de devenir experts en relations sociales (car c'est une compétence nécessaire à l'autonomie relationnelle à l'âge adulte). Cette sensibilité à ce que font, disent et pensent les pairs peut en effet être à l'origine de situations complexes, de peine ou de souffrance sociale, de choix guidés par le besoin d'appartenance et de statut…

En tant que parent, vous savez, par votre capacité de recul et par expérience, que la plupart de ces « drames » seront vite dépassés et vous pouvez être tenté de minimiser (« Ce n'est pas si grave ») ou de mettre tout de suite en perspective (« Dans trois jours, tu n'y penseras plus »). Alors que, pour votre adolescent, **la souffrance en lien avec le rejet, l'embarras et l'isolement social sont réels** (souvenez-vous que, dans ce cas, ce sont les mêmes centres cérébraux que ceux de la douleur physique qui sont activés), et cela l'aide que vous reconnaissiez la réalité et la validité de ce qu'il ressent. Grand paradoxe du collège, les adolescents peuvent à la fois se sentir jugés et ignorés. En cas de dispute, de harcèlement ou de conflit de loyauté, et si votre adolescent le souhaite (« De quoi as-tu besoin ? Juste de partager ce qui se passe ou que je t'aide à trouver une solution ? »), vous pouvez adopter les stratégies collaboratives de résolution de problèmes que nous avons déjà évoquées. Comme dans de nombreux autres domaines, les adolescents sont tout à fait capables de trouver des idées sur la façon de réagir en cas de conflit ou de difficulté avec leurs pairs, mais ils ont parfois besoin d'être soutenus dans la manière de faire et d'être guidés sur ce qui est approprié ou ne l'est pas. Par exemple, ils peuvent être tentés de s'expliquer et/ou de s'excuser par texto, et il est alors utile de souligner que les excuses gagnent à être dites en face à face et que s'expliquer par texto peut mener à des incompréhensions (on ne peut pas lire le langage « non verbal » de la personne à qui on s'adresse, ni ajuster ses propos en fonction des réactions de la personne qui signalent comment elle reçoit ce que l'on dit). Le ton de la voix est un indicateur important dans le message que nous cherchons à faire passer. En outre, certains adolescents, en particulier les plus jeunes, peuvent trouver des solutions qui, en pratique, ne sont pas appropriées : « Puisque je t'ai fait du mal en partageant cette info sur toi, je t'autorise à en partager une sur moi, comme cela on est quittes. »

Par ailleurs, les créateurs de contenu[46], la « pop culture » et donc les contenus auxquels les ados sont exposés (à la télé, dans les médias sociaux…) ont tendance à **romancer les amitiés et à créer des attentes irréalistes sur les rencontres et les relations normales**. Or trouver son « meilleur ami pour la vie » n'est pas le cas de figure le plus courant à l'adolescence ! En pratique, il est fréquent que

46. Sur Internet ; aussi connus sous le nom d'influenceurs.

plusieurs amis différents viennent combler des besoins différents (rire, partager des conversions profondes, rendre service en cas de besoin) et qu'il y ait des hauts et des bas dans une relation amicale, voire que l'on s'éloigne définitivement d'un ami dont on était proche.

Là encore, il est utile d'aborder préventivement et de modeler devant votre adolescent ce que sont des compétences de « bonne camaraderie », d'encourager des habiletés sociales réalistes et de montrer l'importance de l'entraide et de la collaboration. Gardez en tête que ces compétences sociales se développent à un rythme différent pour chaque adolescent, selon son tempérament.

Vous pouvez ainsi encourager votre adolescent à :

- **développer des compétences d'assertivité** (par exemple, regarder et écouter quand quelqu'un parle ; attendre son tour ; demander à un ami ce qu'il veut faire ; attendre et ne pas interrompre quand quelqu'un parle ; penser aux sentiments des autres ; être serviable et amical ; savoir dire non et exprimer ses limites de manière affirmée ; savoir s'excuser ; éviter le recours au sarcasme ; savoir faire une critique constructive ; demander de l'aide ; savoir résoudre des problèmes et gérer des conflits ; rebondir après une erreur relationnelle) ;
- **se focaliser sur ce qu'il peut contrôler** (50 % de la relation !) : il est inutile qu'il rumine sur ce qu'il ne peut pas contrôler (les réactions des autres). C'est plus facile à dire qu'à faire, mais cela peut valoir le coup d'être rappelé ;
- **être un « bon ami »,** tout en ne vous attendant pas à ce que ses relations amicales soient parfaites en permanence, ni stables dans le temps. Restez ouvert et neutre : à moins que vous ne remarquiez que votre adolescent est anxieux et/ou triste chaque fois qu'il est proche d'une certaine personne, laissez-le se faire son opinion à travers ses expériences et faites-lui confiance en ce qui concerne ses amitiés.

Souvenez-vous que les personnes avec qui votre adolescent est ami sont son choix, pas le vôtre. Vous pouvez décider où et quand ils passent du temps ensemble en dehors du cadre scolaire, mais pas avec qui votre ado a envie de discuter, qui il trouve intéressant, de qui il se sent proche… S'il vous raconte une dispute et dit être fâché contre un camarade, essayez de résister à l'envie de dire : « J'avais bien vu qu'il n'était pas un bon copain » ou : « De toute façon, je ne l'aimais pas. » Si votre adolescent a de la peine et souffre de cette situation, c'est qu'il appréciait cet ami et cela ne l'aidera pas d'entendre des critiques à son égard, d'autant plus que les choses pourraient potentiellement s'arranger plus vite que vous ne le pensez… Néanmoins, vous pouvez l'encourager à essayer de se connecter à ses ressentis : comment se sent-il en présence de telle ou telle personne ? Que penserait-il si un ami ou un membre de la famille était traité comme il l'est par une autre personne ?

Rappelez-vous que l'encourager à être gentil avec tout le monde ne fonctionne pas non plus. Le monde social du collège est trop complexe pour une approche aussi simpliste et en reconnaître les nuances est plus soutenant pour votre adolescent. Un message plus réaliste pourrait être : « Tu ne peux pas être ami avec tout le monde, mais tu peux remarquer la présence de tout le monde, être respectueux et amical avec tout le monde, faire de la place dans ton monde pour tout le monde, être empathique avec tout le monde. »

Vous pouvez concrètement pousser votre adolescent à prendre soin des autres, par exemple en :

- encourageant le fait de prendre soin de soi, le *self care* (ça commence par soi ! On ne peut pas prendre soin des autres si son propre réservoir est à sec…) ;
- encourageant les comportements prosociaux (aider, partager, réconforter en montrant l'exemple) ;

- évitant d'inciter à aider sous le motif « Regarde comme les autres sont moins privilégiés », le véritable engagement social ne peut pas être un acte de charité ;
- encourageant les pratiques de gentillesse, de générosité, de gratitude ;
- montrant que les petits gestes ont de l'importance, car les conduites héroïques et les grandes actions ne sont pas toujours possibles ;
- sensibilisant votre enfant à la diversité des identités (en termes de genre, de milieu social, de culture, d'aptitudes physiques et intellectuelles, de croyances spirituelles, d'orientation sexuelle…) et à l'importance de l'inclusion. Vous pouvez participer à rendre visibles les minorités, les préjugés et parler du pouvoir des mots.

Le harcèlement scolaire, en particulier les agressions relationnelles, est plus fréquent à la fin de l'école primaire et au collège (donc à l'entrée dans l'adolescence) que chez les enfants plus jeunes. Pour des stratégies spécifiques sur ce sujet, nous vous invitons à consulter notre livre sur le stress scolaire[47].

Un sujet complexe, enfin, est celui de la supposée **pression des pairs** et du « Mais tout le monde le fait ». En pratique, rappelez-vous que parfois cette pression est auto-imposée (les adolescents cherchent à se conformer de manière erronée à une norme sociale supposée : ils se sentent obligés de faire quelque chose car ils pensent que c'est ce que leurs camarades attendent d'eux ou trouveront cool). Parfois encore, elle est involontairement transmise par les parents, en particulier ceux qui redoutent que leur adolescent soit en conflit avec ses pairs (les enfants pensent que leurs parents valorisent le fait qu'ils soient populaires, et les parents valorisent réellement cela). Ainsi, la

---

47. Alexandre Hubert et Anne Bargiacchi, *Déjouer le stress à l'école*, *op. cit.*

situation d'influence « néfaste » ne se résume pas, bien souvent, à une pression réelle des pairs sur votre adolescent.

12) Quels conseils pour encadrer l'utilisation du téléphone, des écrans et des médias sociaux ?

Les parents sont régulièrement confrontés aux enjeux des écrans. Cela va de la gestion du temps passé et des conséquences potentielles sur les autres activités de la vie quotidienne à la capacité et à la volonté d'interagir en face à face, avec en ligne de mire la crainte des effets de l'addiction aux écrans :

- exposition aux éventuelles violences en ligne et autres contenus inappropriés et leur impact sur les comportements ;
- impact sur les capacités attentionnelles (la distraction, les capacités à gérer les frustrations, l'attente de gratifications rapides, le multitâche) ;
- harcèlement en ligne ;
- lien entre citoyenneté et empreinte digitale (quelle représentation, quelle réputation à travers les contenus postés, ceux qui sont *likés* et ceux qui sont partagés ?) ;
- permanence de ce qui est posté et impact à court, moyen et long terme, avec la question du consentement sur la publication des images ;
- impact des images véhiculées sur l'estime de soi (l'insatisfaction corporelle, les publicités ciblées et la manipulation subtile des habitudes de consommation, des lectures, des sources d'information) ;
- question des valeurs véhiculées ;
- FOMO *(fear of missing out)*[48]…

48. Crainte de manquer des événements sociaux, de rater *la* soirée de l'année, par exemple.

Devorah Heitner[49] décrit schématiquement les trois approches parentales les plus fréquentes (en termes de temps passé et d'engagement parental) vis-à-vis des écrans :

- l'approche des « **limiteurs** » : parents qui limitent le temps passé sur les écrans par principe, sans nécessairement s'intéresser au contenu et à ce que font les enfants/adolescents durant ce temps limité (certains parents limitent aussi le contenu) ;
- l'approche « **laisser-faire** » : pas de limitation ni d'intérêt particulier pour les contenus utilisés ;
- l'approche « **supervisée** » et *tech positive* : les parents s'intéressent, proposent des ressources, jouent avec, sont curieux des applications et des jeux utilisés, etc.

Analyser en détail les différentes approches possibles dépasse le cadre de ce livre. Nous aborderons cependant quelques principes généraux, quelques idées pratiques pour vous guider. Ainsi, nous vous encourageons à garder en tête ceci :

- **Changer de perspective** dans ce domaine peut aussi aider. Plutôt que de supposer que les adolescents ne peuvent pas gérer la technologie et sont tous dépendants, qu'« ils l'aiment juste parce que c'est de la technologie et que c'est fait pour être addictif », rappelez-vous que **cela peut valoir le coup d'examiner sincèrement les raisons qui font que votre adolescent aime ça, ce qu'il recherche, ce qu'il apprécie.** C'est un élément important de compréhension du monde et du fonctionnement de votre ado. De plus, n'importe quel temps d'écran n'est pas équivalent (par exemple, consommer un contenu est différent de créer un contenu) et une application n'est pas bonne ou mauvaise en elle-même. Tout dépend de l'usage qui en est fait. Il est donc utile de voir au-delà de l'écran en lui-même, de tenir compte de l'intention et de l'objectif plutôt que de s'arrêter à « Il est de nouveau devant son

---

49. Dans Devorah Heitner, *Screenwise*, Routledge, 2016.

écran », « Il perd son temps sur les écrans ». Cela peut être un lieu de connexion, de création, de renforcement de certaines compétences, de jeu libre, pas seulement du temps d'écran gratuit et débilitant. C'est le principe de l'approche *tech positive* qui souligne que l'usage de certains médias s'étend sur un spectre de possibilités allant de la consommation à la création (regarder un film/regarder une vidéo Youtube sur comment jouer et créer des mondes sur *Minecraft*/créer une vidéo/regarder des photos sur Instagram/lire le contenu original d'un blog qui invite à réfléchir/écrire ou poster une photo avec une légende pour commenter et partager sa réflexion, etc.) et que cela est positif. Vos idées et vos valeurs autour des contenus, applications, jeux vidéo détermineront ce qu'en tant que parent vous pensez être ou non du contenu de qualité ou du temps « bien utilisé » et ce qu'il est acceptable ou non de faire.

- Il est plus pertinent de **prendre en compte le mode de vie global** de votre adolescent plutôt que de vous concentrer uniquement sur son « temps d'écran ». Les professionnels de santé insistent ainsi sur l'intérêt d'une approche holistique[50] : veiller à ce que les jeunes aient une vie équilibrée en mettant l'accent sur la façon dont ils utilisent leur temps disponible dans l'ensemble, en posant des questions sur le temps passé à dormir, à se connecter avec leur entourage, à faire de l'activité physique, en examinant l'impact éventuel sur la scolarité et les autres centres d'intérêt, ainsi que sur l'humeur et les émotions. L'idée n'est pas de savoir si les écrans sont « bons » ou « mauvais » pour les jeunes, mais d'évaluer si leurs activités sociales, cognitives et physiques sont satisfaisantes et équilibrées.
- Les études montrent que **la plupart des adolescents agissent le plus souvent de manière responsable** et font de bons choix pour se protéger. Cela dit, il existe des adolescents « à risque » en ligne, ce sont ceux

50. Qui prend en compte une notion dans son ensemble pour la considérer, sans la décortiquer en plusieurs morceaux.

qui ont par ailleurs des vulnérabilités hors ligne, par exemple ceux qui sont en difficulté d'un point de vue psychosocial. Ces derniers peuvent donc relever d'un accompagnement ou d'une supervision spécifiques.

- **La technologie rend plus facile ce qui tout à coup se met à passionner vos adolescents.** Notons que ce n'est pas elle qui les conduit à vouloir passer plus de temps avec leurs pairs, à découvrir de nouvelles choses, à s'ouvrir à de nouvelles façons de voir le monde et à s'enflammer pour certaines causes, mais comme cela se manifeste au même moment, il est tentant de rejeter la responsabilité de certains comportements sur l'usage de la technologie.
- **Risques et opportunités sont très souvent corrélés en ligne.** Les opportunités qui répondent au besoin de connexion, d'appartenance, d'interactions sociales, de décodage du monde social et de risques et sensations dans certains jeux sont réelles. Les réseaux sociaux sont un lieu d'apprentissage, de création, de collaboration et d'inspiration, ils sont un terreau où prennent naissance des mouvements humanitaires et de soutien de grande ampleur. Les écrans sont aussi une façon socialement acceptable de jouer. Dans le même temps, le fonctionnement même des réseaux sociaux, par exemple par le biais des likes et des commentaires, peut être à l'origine de souffrance ou d'embarras social. La technologie aide certains jeunes dans leurs interactions sociales, mais si c'est leur seul moyen de communiquer, cela devient problématique. Elle doit être un complément, une façon d'entretenir plus facilement ses relations, pas de les remplacer. De même, en ce qui concerne les apprentissages, les écrans peuvent être source de distraction, mais aussi de motivation pour apprendre via des applications éducatives dédiées ou pour acquérir d'autres compétences comme le codage. Ainsi, comme tous les outils, la technologie peut être utilisée pour réaliser des choses positives, négatives et neutres !
- **Les ados peuvent être maladroits et immatures en ligne comme hors ligne**, par exemple dans leurs relations avec leurs pairs : c'est de leur âge ! On ne peut pas attendre d'eux qu'ils fassent preuve de plus

de sagesse par SMS ou sur les réseaux sociaux qu'IRL[51], par exemple sur le plan des relations. Plutôt que de fixer un critère d'âge arbitraire pour que votre adolescent ait son premier téléphone ou télécharge telle application, tenez compte de sa maturité, de son éventuelle impulsivité, de ses compétences sociales, de sa capacité à demander de l'aide, à gérer les conflits…

- **Les applications que nous utilisons, les jeux auxquels nous jouons et les sites Internet que nous visitons sont conçus pour nous accrocher et nous retenir.** Les développeurs exploitent activement notre nature en utilisant des stimulations et des algorithmes qui captent notre attention et nous poussent à rester connectés ou à nous reconnecter. Cela peut créer des conflits avec les adolescents au moment d'arrêter les écrans, car, par exemple, arrêter un jeu à un moment « inopportun » conduit parfois à perdre des points, à ne pas passer au niveau suivant, à ne pas pouvoir sauvegarder, à rater certaines récompenses… Cela semble futile, mais la dimension sociale de ces jeux, qui se font souvent en ligne et en équipe, est réelle ; avant de dire oui à un nouveau jeu, il est donc utile de comprendre son *design* et son principe, ce qui pourrait rendre compliqué son arrêt et de définir une conduite à tenir à l'avance. Après un temps de jeu certains adolescents ont besoin d'une transition douce et de se reconnecter avec leur corps. Si, par exemple, la règle est d'arrêter le jeu pour passer à table, vous pouvez convenir d'un signal quinze minutes avant ou proposer un minuteur et autoriser votre ado à pratiquer quelques mouvements d'activité physique quelques minutes avant de venir manger.
- Les plateformes sociales ont donné naissance à une nouvelle forme de harcèlement, le ***cyberbullying***[52]. Nous en avons déjà abordé les spécificités dans le livre sur le stress scolaire[53] : c'est une forme de harcèlement publique, hors des murs de l'école, 24 heures sur 24 et

51. Abréviation d'*in real life*, « dans la vraie vie », hors ligne.
52. Ou cyberharcèlement.
53. Alexandre Hubert et Anne Bargiacchi, *Déjouer le stress à l'école*, *op. cit.*

7 jours sur 7, potentiellement permanente, parfois anonyme... Il peut prendre des formes subtiles, où ce n'est pas ce qui est dit qui est vécu comme une agression relationnelle, mais ce qui n'est pas dit ou pas fait (pas de commentaires sous un post, pas de likes, voir les photos d'une soirée à laquelle on n'était pas invité, etc.).

- **Nos adolescents sont des enfants du numérique** *(digital native)*[54], mais l'utilisation des plateformes sociales, en particulier, nécessite des compétences différentes que simplement savoir taper sur un clavier, coder ou jouer à un jeu vidéo. La supervision que vous mettrez en place doit reposer sur l'idée que l'enjeu n'est pas seulement technique, mais aussi humain; autrement dit, savoir faire preuve de compétences sociales positives en ligne, savoir résoudre des problèmes, gérer des conflits, demander de l'aide... Dans le domaine de l'usage des réseaux sociaux aussi, les valeurs qui vous importent doivent guider vos décisions et les raisons pour lesquelles vous supervisez si besoin votre adolescent. Notons que le fait que votre adolescent soit réticent à votre supervision, au fait que vous consultiez ses messages ou ses posts ne veut pas dire, la plupart du temps, qu'il est sur le point de faire quelque chose de mal, mais tout simplement qu'**il a besoin d'intimité** et que vous devez respecter cela (ce qui est approprié de sa part du point de vue développemental). Pensez donc à lui expliquer que vous ne cherchez pas à le prendre en faute ou à l'empêcher de s'exprimer, mais que vous accordez de l'importance à sa sécurité et au respect des autres, par exemple.

En pratique, l'engagement parental a donc aussi un rôle important à jouer dans le domaine des écrans:

- **Montrez vous-même les comportements que vous souhaitez voir votre adolescent adopter** (posez votre téléphone avant de passer à table, respectez des zones « sans écran » dans la maison, partagez les

54. Enfants issus de la génération qui a grandi en même temps que le développement d'Internet.

contenus inspirants plutôt que les médisances…) et encouragez une culture familiale autour des écrans qui tient compte de l'importance du consentement, du respect de l'intimité, du droit à l'erreur…

- Pour les écrans comme pour tout le reste, il est important et indispensable de commencer par **observer comment votre adolescent se positionne et comprend**, ce qu'il sait faire et ce qu'il ne sait pas encore faire, ce qui fait partie de ses compétences et ce qui, au contraire, pourrait le mettre en difficulté. Même au sein d'une fratrie, les niveaux de savoirs, de perception et d'usage sont très variables. Souvenez-vous que l'équilibre idéal est différent pour tout le monde.
- **Soutenez son sentiment d'agentivité**, encouragez-le à s'autoréguler : « Comment tu te sens après avoir passé du temps en ligne ? Sur cette application ? » Encouragez-le aussi à développer une vision critique des médias sociaux, demandez-lui ce qui leur semble sûr et ce qui ne lui semble pas sûr en ligne, ou encore ce qui lui paraît approprié ou non. Y a-t-il des choses qu'il dirait en ligne ou dans un texte qu'il ne dirait pas dans la vraie vie ? L'objectif est de lui apprendre à réfléchir à ce qu'il fait, à ce qu'il aime, à réguler lui-même son utilisation des écrans.
- **Anticipez explicitement certains risques** : que ferait-il s'il tombait sur un contenu dérangeant ? S'il était témoin de harcèlement ? Si on lui demandait son âge et son adresse ? Si quelqu'un l'invitait IRL (c'est-à-dire « dans la vraie vie ») ? Quel adulte peut-il aller trouver ?
- **Créez des coins *offline* et attractifs dans votre logement** (des *tech free zones*[55]) : ils doivent être confortables avec, par exemple, du matériel pour créer, des livres, des magazines, des jeux de société… Définissez quels moments de la journée sont *tech free* (les repas, par exemple). Il peut être plus facile de décider que la chambre est *tech free* pour éviter les batailles au moment du coucher.
- Établissez des limites claires**, mais prenez le temps de discuter et d'écouter**. Vous pouvez aussi proposer une réunion de famille et

55. Espaces sans technologie.

établir un contrat qui encadre l'utilisation des écrans dans votre foyer. Par exemple, commencez par lister tout ce que vous trouvez d'inspirant, d'utile et de positif dans la technologie pour votre famille, ce que vous ne faites pas encore, mais que vous auriez envie d'essayer (voyez si vous pouvez aussi repérer les effets négatifs de la technologie), puis définissez le contrat selon un principe collaboratif. Les règles peuvent préciser s'il y a des limites de temps, de contenu, de moments dans la journée, ou encore si votre adolescent est autorisé à aller sur son écran seulement après certaines activités.

Soyez particulièrement attentif à :

- **l'impact sur le sommeil** (définissez une heure d'arrêt des écrans, décidez éventuellement que le téléphone reste hors de la chambre). En cas d'utilisation des écrans comme « modificateurs de l'humeur » (par exemple, pour s'anxiolyser ou quand ils s'ennuient), proposez des alternatives comme des stratégies de relaxation ou autres *coping skills* positifs ;
- **l'impact sur l'image corporelle** (encouragez à créer un *feed*[56] inspirant et inclusif et à se désabonner des comptes qui peuvent être source d'insatisfaction corporelle, essayez interagir positivement par des commentaires inspirants et soutenants) ;
- **ses sources d'information** (sur les actualités, par exemple) : comment vérifie-t-on une information ? Quelle est la différence entre faits et opinions ? Comment chercher une information et savoir à quelles sources se fier[57] ? Tout en reconnaissant le potentiel et l'impact positif des réseaux sociaux, il peut être utile d'aider votre ado à comprendre le fonctionnement des réseaux sociaux (biais de confirmation ou

56. Fil d'actualité (formé grâce aux abonnements et à l'algorithme).
57. Il semble que les ados utilisent de préférence comme sources d'information les réseaux sociaux et les médias visuels. Mais ils n'ont pas forcément les connaissances et les compétences nécessaires pour évaluer la pertinence de l'information délivrée, la mettre en perspective et vérifier, ni pour chercher à se familiariser avec de nouveaux points de vue (risque de biais de confirmation). Il faut penser également à l'impact des influenceurs qu'ils admirent sur leurs croyances.

publicités ciblées), à savoir repérer l'influence des algorithmes sur ses ressentis, croyances et actions, à savoir faire du *fact checking*[58], à savoir comment mettre en perspective et être critique et analytique.

Des sites dédiés à l'usage de la technologie guidée pour les adolescents et les parents sont listés dans les ressources en fin de partie.

13) J'ai peur que mon adolescent consomme des drogues maintenant qu'il a l'âge d'aller en soirée, je le lui ai interdit, mais je ne suis pas sûr que cela suffise… Des conseils ?

Rappelons qu'à l'adolescence le cerveau passe par une phase de développement unique et porteuse d'opportunités, entre autres grâce aux phénomènes de plasticité cérébrale. Le cerveau devient également plus sensible à la récompense, et les adolescents sont naturellement en recherche de sensations et de nouveauté. Ces caractéristiques, qui induisent tant de potentiel, sous-tendent aussi une fragilité spécifique à la consommation de drogue/l'abus de substances et à la dépendance. Les drogues sont en effet encore plus riches en récompenses (voir aussi page 183) que les récompenses naturelles et le cerveau adolescent est particulièrement sensible à leurs effets[59]… **C'est à cet âge que le cerveau est particulièrement sensible et vulnérable à l'usage de drogues et présente le plus de risques de devenir dépendant à l'une de ces substances**. Par ailleurs, les dégâts cérébraux causés à cette période

---

58. Vérification des faits (à l'aide de sources fiables).
59. À l'adolescence, le système dopaminergique est très réactif, avec un taux de dopamine de base plus bas en moyenne qu'aux autres âges de la vie, ce qui explique la recherche de nouveauté, de récompenses et de sensations fortes. Lorsqu'un adolescent consomme une drogue, le taux de dopamine grimpe en flèche et l'expérience est ressentie comme sensationnelle et devant se répéter sans tarder. Mais passé le pic, le taux de dopamine s'effondre et l'adolescent se sent vraiment mal. La vie entre les *highs* devient encore plus ennuyeuse et, pour schématiser, le risque est qu'un adolescent qui consomme tôt dans sa vie « recâble » ses circuits cérébraux de sorte qu'il a besoin de la drogue pour se sentir « normal ».

de grand remaniement sont davantage susceptibles d'être durables et permanents et d'avoir des conséquences à moyen et long terme.

La consommation de drogue à l'adolescence peut répondre à différentes « motivations » :

- **l'expérimentation et l'attrait pour la nouveauté**, le désir d'essayer de nouvelles sensations, un nouvel état de conscience ;
- **le besoin de lien social**, d'appartenir à un groupe, de partager des expériences fortes (avec l'idée sous-jacente que « tout le monde le fait », ou encore le *binge drinking*[60] réalisé en groupe dans un esprit de prouesse et de gain de statut) ;
- **l'automédication** (usage à visée désinhibante, comme « lubrifiant social », qui abaisse les défenses et permet d'être plus détendu, plus à l'aise en société ; usage pour s'« anesthésier »/s'anxiolyser – le recours aux substances toxiques peut ainsi s'inscrire dans une recherche de faire taire des sensations/émotions/pensées douloureuses ; usage d'excitants pour se doper...).

Gardez en tête que tout le monde peut développer une dépendance, que cela n'est pas réservé à un petit nombre d'adolescents marginaux, que la plupart des jeunes ne développeront pas de dépendance et enfin qu'il existe des facteurs de risque de tomber dans une dépendance qui doivent conduire à encore plus de vigilance vis-à-vis de certains adolescents. Les facteurs de risque ne sont pas toujours faciles à identifier : cela peut être une prédisposition génétique, le fait d'être entouré de personnes qui consomment, la disponibilité des produits, la « normalisation » de la conduite de consommation, le fait que la substance ait un effet relaxant, amnésiant et anesthésiant auquel on est particulièrement sensible, certains troubles mentaux, des événements de vie traumatisants, le fait d'être victime de

60. Consommation ponctuelle excessive d'alcool.

discrimination ou d'appartenir à une minorité en termes d'identité… Les facteurs de risque ne sont pas un lien causal vers la consommation et l'addiction systématiques dans 100 % des cas ; en revanche, ils augmentent le risque de développer une addiction si l'on commence à consommer. Ils peuvent en outre être compensés par des facteurs de protection (voir ci-dessous). Nous insistons particulièrement sur l'âge de début : **plus tôt une personne commence à consommer des substances, plus elle risque de devenir dépendante, de développer une addiction**. Retarder l'âge du début de consommation est donc un point de prévention particulièrement important (voir ci-dessous).

Notons enfin qu'il existe aussi des périodes plus à risque pour débuter une consommation à l'adolescence, en particulier les phases de transition, les grands changements comme un déménagement, un changement d'établissement scolaire, de cercle amical…

Mais alors, en pratique, que faire ?

En tant que parent, vous jouez un rôle majeur pour **atténuer les facteurs de risque en ajoutant des facteurs protecteurs.** La neuroplasticité rend certes plus vulnérable aux facteurs de risque, mais aussi plus réceptif aux facteurs protecteurs, et il n'est jamais trop tôt ni trop tard pour les développer :

- **Entretenez votre relation avec votre adolescent et communiquez votre présence et votre implication, établissez des règles et une surveillance bienveillante et respectueuse, encouragez-le à prendre soin de lui.** Lorsqu'un parent et son enfant ont une relation chaleureuse et mutuellement respectueuse, l'adolescent est plus enclin à percevoir la surveillance et les limites comme une protection respectueuse plutôt que contrôlante, voire manipulatrice. Il ne s'agit pas simplement de dire : « Il ne faut pas le faire », « Je t'interdis de le faire », « C'est mauvais pour toi », car ce n'est pas une prévention suffisante en soi. Il est indispensable de donner des informations et d'être ouvert aux discussions répétées, souvent inconfortables. Il a été montré que certaines attitudes parentales augmentaient au contraire le risque de consommation et de mésusage de drogues chez un adolescent[61] : le fait d'avoir des discussions axées principalement sur les règles et l'interdiction pure et simple, le recours fréquent à la punition, une approche essentiellement coercitive ou autoritaire, le recours à la critique ou au mépris pour pousser à modifier le comportement, le manque d'implication et de soutien.

- Il est plus utile et plus efficace **de connaître et de communiquer sur des faits précis et démontrés autour des drogues**. Vous pouvez normaliser la curiosité et l'attrait tout en soulignant que ce n'est pas parce que cette pratique serait une « norme » chez les ados qu'elle est acceptable, sans danger ou légale. Elle est certes répandue, mais il existe également une surestimation possible du « Tout le monde le fait » (les adolescents surévaluent souvent ce que font les autres). Favorisez de nombreuses petites conversations plutôt qu'une grande leçon, en gardant en tête qu'aborder la consommation d'alcool et d'autres drogues fait partie de conversations plus larges sur la santé mentale, le fait de prendre soin de soi, les effets de l'influence des pairs sur nos actions, le fait de faire des choix qui peuvent avoir des conséquences dans le futur... Vous n'avez pas besoin d'être un expert : votre véritable influence en tant que parent réside dans la relation que vous établissez avec votre adolescent en ouvrant la porte aux échanges. Enfin, fournissez des ressources vérifiées (voir dans la bibliographie).

Un script possible à utiliser en l'adaptant à votre style et à l'âge de votre adolescent peut être : « Une drogue est toute substance (hormis

---

61. Jessica Lahey, *The Addiction Inoculation : Raising Healthy Kids in a Culture of Dependence*, Harper, 2016.

l'eau et la nourriture) qui a un impact physique et/ou psychologique lorsqu'elle est ingérée. Elle peut exercer une action sur le fonctionnement de notre cerveau, sur la façon dont nous pensons, nous sentons ou nous comportons et sur le fonctionnement de nos cinq sens. Certaines drogues sont autorisées dans certaines circonstances (en tant que médicaments prescrits par le médecin), et d'autres sont parfois ou toujours illégales. Cela peut dépendre de l'âge d'une personne, si elle est malade ou en bonne santé... Dans tous les cas, ce n'est pas parce qu'une drogue est légale qu'elle est bonne pour nous. De même, "naturel" ne veut pas dire "inoffensif". Selon le type de substance utilisée, notre cerveau et notre corps peuvent ressentir des niveaux extrêmes de joie, de plaisir, de relaxation et de connexion qui sont tous très attrayants, et c'est normal d'être curieux, voire d'être tenté de consommer. **Le problème est qu'avec une consommation répétée les substances modifient le fonctionnement du cerveau[62] et parfois du corps.** Par exemple, les circuits dans le cerveau qui contrôlent certains sentiments comme le plaisir s'habituent à la drogue, ce qui rend plus difficile de ressentir des sentiments positifs sans substances. C'est pourquoi une personne qui abuse de la drogue peut cesser de trouver du plaisir dans des choses qui lui apportaient autrefois une grande joie. **Ainsi, les drogues sont suffisamment puissantes pour nous pousser à recommencer, même si nous ne souhaitons pas le faire. Elles peuvent avoir des conséquences négatives à court et long terme sur**

62. Il existe de nombreuses classes de drogues et chacune a un effet légèrement différent sur le cerveau. De manière générale, la consommation d'alcool et autres drogues (y compris le *vaping*) est délétère pour les facultés d'apprentissage. Les drogues interfèrent avec la façon dont les neurotransmetteurs se lient aux corps des neurones, communiquent leurs signaux électriques et déterminent si les neurones envoient un signal qui stimule un autre neurone (« état excitateur ») ou non (« état inhibiteur »). Certaines drogues augmentent l'état excitateur, d'autres l'état inhibiteur, et en interférant avec l'un ou l'autre, elles perturbent l'équilibre délicat, en constante évolution et fait d'ajustements permanents, dans le cerveau. Dans le cerveau d'un adolescent en développement, un circuit cérébral entier pourrait mourir du fait de l'impact des drogues, créant une perte permanente de potentiel cognitif, ce qui est un risque spécifique en comparaison de l'impact de la consommation de drogue chez l'adulte. Par ailleurs, la consommation de drogue peut engendrer à moyen et long terme une augmentation du stress, à l'origine de cercles vicieux de consommation pour s'anxiolyser (effet anxiolytique à court terme, mais augmentation de l'anxiété à moyen et long terme), et/ou un cercle vicieux où le jeune commence à consommer pour faire face à la pression scolaire, mais l'impact sur la mémoire et l'apprentissage le rend moins performant. Enfin, la plupart des drogues ont, à court, moyen ou long terme, un impact sur le sommeil.

notre cerveau, notre corps, nos relations et notre avenir. Par exemple, elles peuvent changer la façon dont notre cerveau se développe, diminuer notre capacité à être attentifs ou à nous concentrer, être à l'origine de comportements à risque et influencer notre prise de décision, conduire à un surdosage, à une intoxication, à une overdose, faire que nous manquons d'énergie, avoir un impact négatif sur nos relations familiales et amicales, entraîner des maladies et des risques liés au mode d'injection (aiguilles et VIH ou hépatite C)... De plus, certaines des entreprises qui créent les drogues s'appuient sur une grande industrie et de la publicité qui cible spécifiquement les adolescents pour les encourager à consommer, alors qu'il a été montré que les jeunes devenaient plus facilement dépendants que les adultes, parce que leur cerveau réagit plus fort et qu'il est encore en train de se développer[63]. C'est pour cela que je trouve important de partager ces informations avec toi, car il me semble que ce sont des données importantes pour que tu sois à même de faire des choix qui te concernent. »

- **Clarifiez vos attentes et vos limites et communiquez-les** à votre adolescent : en tant que parent, dans ce domaine encore, vous montrez l'exemple, volontairement ou non, votre rapport aux substances et vos valeurs (dire que l'on a besoin d'un verre lorsque l'on est stressé, conduire ou non après avoir consommé...). À l'entrée dans l'adolescence, il peut être intéressant pour vous de prendre le temps de considérer ce que vous souhaitez transmettre et de faire correspondre, dans la mesure du possible, ce que vous faites avec ce que vous dites[64] et/ou, dans certaines circonstances, d'expliquer pourquoi une règle est valable pour votre adolescent et pas pour vous (l'âge légal de

---

63. Pour des ressources utiles, voir :
https://www.drogues.gouv.fr/sites/drogues.gouv.fr/files/atoms/files/mildeca_dossier_jeunes_addictions_2018-03-10.pdf
https://www.maad-digital.fr ; https://jeudebat.com/formation-des-professionnels/
64. Les adolescents élevés dans des familles qui ont des attentes permissives en matière de drogue et d'alcool, qui autorisent les gorgées de vin ou l'expérimentation à la maison, boivent, selon les études, plus tôt, boivent davantage et subissent plus de conséquences négatives de leur consommation d'alcool que les enfants élevés par des parents qui communiquent des attentes claires en matière d'abstinence de drogue et d'alcool.

consommation ou la maturation cérébrale peuvent, par exemple, être des raisons valables pour vous de consommer de l'alcool et de refuser que votre adolescent en consomme).

- Encouragez votre adolescent à développer des ***coping skills* positifs, à entretenir des relations positives et saines avec ses pairs** (voir page 133).
- **Anticipez les situations à risque en étant réaliste** sur ce à quoi votre adolescent va être exposé : l'objectif est bien entendu de miser sur la prévention (éviter qu'il ne consomme), tout en sachant que les ados ont tendance à expérimenter, voire à tomber dans le mésusage. Le but, quoi qu'il arrive, est de les protéger du mieux possible, et pour cela, l'idée est de pratiquer ce que l'on appelle la **réduction des risques**. Cette approche se fonde sur un ensemble de notions et de stratégies visant à réduire les potentiels dommages causés par des activités à risque. En pratique, nous l'utilisons très souvent : par exemple, en attachant notre ceinture de sécurité et en respectant le code de la route quand nous conduisons, en mettant de la crème solaire quand nous nous exposons au soleil, en donnant une bouée ou des brassards à un enfant quand il va dans l'eau sans savoir nager, en portant un casque quand nous sommes à vélo, en nous protégeant avec un préservatif lors d'un rapport sexuel… La réduction des risques, qui s'ancre dans la reconnaissance que certains risques sont inhérents à certaines activités, est donc ce que nous faisons pour rendre chacune de ces activités un peu plus sûres. Cela suppose de tenir compte de la réalité de ces risques, et pas seulement de ce que vous souhaiteriez dans l'idéal (que votre adolescent ne soit jamais tenté, jamais exposé, ne consomme pas du tout). Il y a différents niveaux ou stades de prévention des risques en fonction de là où en est votre adolescent, et il n'est jamais trop tard ou inutile de chercher comment diminuer l'importance des risques. Il est très différent de boire un seul verre pour essayer ou de faire un coma éthylique ; d'expérimenter une fois en soirée et de consommer régulièrement en cachette ; de commencer à 16 ans ou à 14 ans ; de prendre une seule substance ou de faire des mélanges !

Il existe des mythes associés à la réduction des risques dans le domaine de la consommation de substances chez les jeunes, entre autres parce que la consommation de drogue chez les jeunes est source de stigmatisation et de préjugés sur qui consomme et sur ce qui conduit un jeune à consommer. On pense ainsi que cela n'arrive qu'aux autres ou au contraire qu'il est possible à 100 % d'empêcher tous les ados de consommer ; on croit que c'est un problème de comportement, de ratage éducatif, de manque de volonté, et non un problème de santé lorsque l'addiction s'installe. Un autre de ces mythes est que si l'on parle des stratégies de réduction des risques, cela veut dire que l'on donne implicitement l'autorisation à son ado de consommer. Mais la réduction des risques ne consiste pas à dire : « OK pour que tu consommes, mais avec ces précautions-là », mais plutôt : « Je ne suis pas d'accord pour que tu consommes, mais mon rôle de parent est de prendre soin de toi et de te garder autant en sécurité et en bonne santé que possible. Si tu décides à un moment de consommer, malgré toutes ces informations, je veux que tu saches ces choses-là, qui sont très importantes… » **L'idée est qu'il est possible de communiquer en même temps votre intention de prévenir, le fait que vous n'êtes pas d'accord pour que votre ado consomme et votre volonté, quoi qu'il arrive, de le garder le plus possible en sécurité, y compris s'il consomme.** Ce n'est pas une situation en tout ou rien ! Votre adolescent peut parfaitement le comprendre. Méfiez-vous aussi de la phrase : « Nous avons une politique de tolérance zéro à la maison », car cela peut sous-entendre qu'il n'y a pas de marge pour que votre adolescent vienne vous trouver s'il consomme. Nous l'avons dit, l'âge de début de consommation est un facteur de risque majeur d'addiction, et plus l'adolescent consomme jeune (avant l'âge de 14 ans en particulier), plus grand est le risque d'addiction et de conséquences permanentes sur le développement cérébral en particulier. Ainsi, pour l'alcool, les stratégies de réduction des risques commencent par retarder le plus possible l'âge de la première exposition. Cela dit, il faut aussi éviter d'envoyer le message « Foutu pour foutu, autant continuer à boire maintenant que j'ai commencé... » : il y a une grande différence entre boire une bière et en boire cinq !

Les stratégies de réduction des risques supposent aussi de garder en tête que, dans une situation donnée, lors d'une soirée avec des amis, par exemple, **le choix lui reviendra** : vous pouvez appliquer des conséquences, mais pas empêcher à moyen et long terme votre adolescent de consommer. Avoir un discours rigide, autoritaire et péremptoire peut vous procurer un plus sentiment de contrôle en tant que parent, et certains adolescents dociles ou peu affirmés peuvent s'abstenir de faire quelque chose pour ne pas décevoir leurs parents, mais cela transmet peu d'apprentissage positif et n'évite pas certains comportements qui peuvent avoir lieu plus ou moins secrètement. Utilisez plutôt une approche de type « entretien motivationnel » pour encourager votre adolescent à faire des choix qui le gardent en bonne santé et en sécurité, qui respectent son besoin d'autonomie et de contrôle sur sa vie.

Ces techniques consistent à :

- **écouter plus que parler**, éventuellement en posant des questions ouvertes : « Que sais-tu sur ce produit ? » « Penses-tu qu'il y ait des situations où ce produit puisse être consommé sans danger ? » « Connais-tu des personnes qui ont eu des ennuis à cause de ce produit ? » « Penses-tu savoir reconnaître les signes d'un problème avec l'un de ces produits, chez toi, chez un camarade ? » « Sais-tu où tu pourrais demander de l'aide, à qui ? » « Comment voudrais-tu que l'on t'aide, toi, si tu étais concerné ? » ;
- **pratiquer l'écoute réflexive :** « J'entends que tu penses que tous tes copains consomment et qu'ils vont tous bien » ;
- **exprimer de l'empathie et reconnaître la réalité des tentations et des défis qui peuvent se présenter :** « Je comprends que le lycée est stressant et que fumer te détend, je comprends que tu aies envie d'être moins stressé » ;

- **aider à voir en quoi un comportement donné s'éloigne peut-être des valeurs qui comptent pour votre adolescent :** « C'est vrai aussi que si tu fumes, tu risques d'être moins concentré, et finalement moins performant » ;
- **encourager à faire une balance décisionnelle**[65] ;
- **accompagner la résistance naturelle :** « Je vois que, pour le moment, il ne te paraît pas nécessaire ou pas possible de changer cela ; que penserais-tu d'essayer de ne pas fumer pendant deux jours et que l'on refasse un point après pour voir comment tu te sens ? »

En pratique, cela constitue encore une fois un équilibre difficile à trouver pour les parents, entre, d'un côté, devoir poser des limites et, de l'autre, ne pas prendre parti pour les « pour » et les « contre » d'un comportement donné et encourager seulement l'adolescent à agir pour lui. Cet équilibre est d'autant plus difficile à trouver si l'on est un parent anxieux, qui peut rapidement se retrouver dans un scénario catastrophe du tout ou rien. Cela peut être formalisé ainsi : « J'ai été content de discuter avec toi de ce sujet, maintenant je remets mon chapeau de parent et je te dis que ceci et ceci n'est pas possible pour le moment. » Il est également possible de demander de l'aide à un professionnel compétent.

- **Prévoyez et préparez les scénarios possibles** et les différentes manières de dire non si on propose à votre adolescent de consommer, de sortir de la soirée, de rentrer, de demander de l'aide. Faites des jeux de rôle pour qu'il s'entraîne à refuser, établissez un code pour qu'il puisse vous contacter discrètement s'il a besoin que vous alliez le chercher, contactez le ou les parents de celui qui organise la soirée (y aura-t-il de l'alcool ? Sinon, y a-t-il à la maison de l'alcool/des médicaments qui peuvent être détournés et peut-on être sûr qu'ils seront hors d'atteinte ? Qui va surveiller la soirée ?).

65. Le fait de dresser un tableau des « plus » et des « moins » pour une décision donnée.

• Pour limiter les tentations, **créez des opportunités qui répondent aux besoins liés aux attracteurs naturels** (voir page 40) : ce sont les *natural highs*[66] que votre adolescent ressent lors d'une expérience à sensations encadrée, au moment d'une prise de risque mesurée, à la fin d'un travail long et fastidieux mais qui lui tenait à cœur, tous les risques positifs qu'il peut prendre (s'engager pour une cause, défendre un camarade en difficulté…), toutes les occasions ludiques de sortir de la routine du travail scolaire… De même, aidez-le à développer un fort sentiment d'identité et de valeur personnelle, encouragez son individualité au sein du groupe. Lorsqu'un adolescent est conscient de sa valeur, de qui il est et de ce en quoi il croit, il est moins susceptible d'être influencé par la pression (perçue ou réelle) des pairs. Comme nous l'avons déjà dit, la meilleure façon d'aider votre adolescent à construire son identité est de respecter, de soutenir et d'encourager qui il est, en toute liberté, avec des attentes réalistes.

Références et bibliographie de cette partie

Livres

Anne Bargiacchi, *C'est pas mon genre ! Les clés pour répondre aux questions de votre enfant sur le genre*, Marabout, 2022.

Po Bronson et Ashley Merryman, *NurtureShock : New Thinking About Children*, Twelve, 2008.

Devorah Heitner, *Screenwise*, Routledge, 2016.

Alexandre Hubert et Anne Bargiacchi, *Déjouer le stress à l'école*, Nathan, 2021.

Michele Icard, *Fourteen Talks by Age Fourteen : The Essential Conversations You Need to Have with Your Kids Before They Start High School*, Harmony, 2021.

66. Euphories naturelles sans substances.

Jack Kornfield, *Bouddha. Mode d'emploi pour une révolution intérieure*, Pocket, 2013.

Jessica Lahey, *The Addiction Inoculation : Raising Healthy Kids in a Culture of Dependence*, Harper, 2016.

Dan Siegel, *Le Cerveau de votre ado*, Les Arènes, 2018.

William Stixrud et Ned Johnson, *The Self-Driven Child. The Science and Sense of Giving Your Kids More Control Over Their Lives*, Penguin, 2019.

William Stixrud et Ned Johnson, *What Do You Say ? How to Talk with Kids to Build Motivation, Stress Tolerance, and a Happy Home*, Viking, 2021.

Charline Vermont, *Corps, amour, sexualité. Les 100 questions que vos enfants vont vous poser*, Albin Michel, 2021.

Shafia Zaloom, *Sex, Teens and Everything in Between. The New and Necessary Conversations Today's Teenagers Need to Have about Consent, Sexual Harassment, Healthy Relationships, Love, and More*, Tantor and Blackstone Publishing, 2021.

Film d'animation

Pete Docter et Ronnie Del Carmen, *Vice-versa*, Pixar, 2015.

Conférence

Angela Lee Duckworth, « Grit: The power of passion and perseverance », TED Talks Education, 2013.

Sites Internet

https://www.drogues.gouv.fr/sites/drogues.gouv.fr/files/atoms/files/mildeca_dossier_jeunes_addictions_2018-03-10.pdf

https://www.maad-digital.fr

https://jeudebat.com/formation-des-professionnels/

https://pix.fr

https://www.internetsanscrainte.fr

https://jeprotegemonenfant.gouv.fr

Conclusion

Nous espérons que vous retiendrez de ce livre qu'une relation parent/adolescent faite de chaleur, de soutien, de respect, d'écoute, mais aussi d'exigence élevée réaliste, d'encouragements, de patience et de confiance favorise un développement positif. **Dans cette ambiance, les adolescents sont plus susceptibles de bien réussir et risquent moins d'avoir des problèmes comportementaux ou émotionnels.** Comme un tampon, cela atténue les effets du stress et les prises de risque inconsidérées. Il est utile et important d'être capable d'avoir des relations inconfortables, d'accueillir sans surréagir des émotions intenses, de maintenir les routines et les traditions familiales.

À l'inverse, un style parental autoritaire, coercitif, punitif, arbitraire (« parce que c'est comme ça » ou « parce que je l'ai dit »), les critiques, le mépris, le sarcasme ou le recours à la honte, le manque d'implication parentale, une pression trop importante à la réussite peuvent impacter le bien-être et la trajectoire développementale à cet âge critique.

À l'adolescence tout particulièrement, ne présumez pas ce que votre enfant pense, ce qu'il ressent et/ou pourquoi il décide telle ou telle chose ou agit de telle ou telle manière. **Par défaut, accordez-lui votre confiance et le bénéfice du doute.** Même si vous connaissez votre enfant sur le bout des doigts, vous ne pouvez pas savoir ce qu'il pense et ce qui l'a poussé à agir de telle ou telle manière (vous pouvez faire des hypothèses, mais elles ne s'avéreront pas toujours justes ou respectueuses), ni être certain de ce qui est le mieux pour lui – c'est un des grands arguments utilisés naturellement par nous, parents : « Je sais mieux que toi ce qui est bon pour toi ! » Vous avez certes beaucoup d'expérience, de sagesse, de perspective, de recul et vous comprenez comment votre enfant fonctionne, mais personne ne peut se vanter de savoir prédire l'avenir et de connaître à coup sûr les conséquences, positives ou négatives de tel ou tel choix. Une position plus humble de « consultant » est ainsi souvent plus réaliste : en aidant votre adolescent à réfléchir aux « plus » et aux « moins » d'une décision, à étayer une liste de choix, en l'encourageant à se connecter à ses valeurs, à ses objectifs, en lui rappelant ses forces et en lui communiquant votre confiance en sa capacité à apprendre à faire des choix et à faire face à l'adversité, ainsi qu'à utiliser ses compétences pour avoir une vie qui a du sens, vous lui transmettrez la capacité à devenir son propre filet de sécurité et la conviction de ne pas être seul émotionnellement. **Autorisez votre adolescent à s'exprimer en tant qu'expert de lui-même, de ses expériences, et gardez en tête qu'il navigue dans un univers social qui a ses propres codes dont il parle mieux le langage que vous-même.** Laissez-lui vous enseigner comment son monde fonctionne et tout ce qui a changé et change encore par rapport à votre propre expérience.

Souvenez-vous que les sentiments de honte, d'inadéquation ou de ne pas être normal ne sont jamais bien loin à ce stade de la vie. Créez une atmosphère où vous limitez vos propres réactions qui peuvent entretenir ces sentiments. Montrez-vous ouvert, généreux et soutenant, et même si cela signifie de temps en temps laisser passer une occasion de punir ou de faire une grande leçon, dites-vous qu'être inconditionnellement aux côtés de votre adolescent est une protection inestimable pour lui.